La Madonna Fantasma

Por

Linda María Frank

La Madonna Fantasma

ISBN: 978-0-9989714-9-0

Impreso en los Estados Unidos de América

Este libro está dedicado

a todas las chicas que aman la aventura

CONTENIDO

Capítulo 1

Escapada

—Toma, sostenme esto, Annie.

Miré a mi tía Jill con total incredulidad mientras me entregaba dos billetes de ferry. Tenía una maleta grande en cada mano, mis patines sobre los hombros, la raqueta de tenis de tía Jill bajo mi brazo y las llaves del auto, que ella me había dado hacía un minuto para que las sostuviera, entre los dientes. Mascullé una protesta, sin poder pasar la lengua entre las llaves del auto. Lo que salió fue más baba que lenguaje inteligible. Finalmente, levantó la vista del bolso en el que estaba rebuscando para ver cuál era el problema.

—¡Caramba, lo siento!

Dicho esto, metió los billetes en el bolsillo de mi camiseta.

—¡Gracias!

Sin sentirme muy agradecida, corrí tras ella mientras se dirigía hacia la estación del ferry. Avanzaba rápidamente, a pesar de que tenía un bolso colgado al hombro, uno debajo de cada brazo y uno en cada mano.

Miré hacia la estación del ferry, al otro lado del estacionamiento de grava gruesa. A través de las nubes de polvo levantadas por los coches que entraban en los espacios libres, pude ver un gran edificio de madera gris, desgastado por el tiempo, con apariencia de cobertizo. Detrás del edificio se podían ver las superestructuras de dos ferrys blancos, erizados de delicadas antenas de radio y de radares giratorios. Alrededor del edificio, como coloridas hormigas desalojadas de su colonia, esperaba una multitud de pasajeros del ferry. Al igual que tía Jill y yo, esa masa de humanidad se dirigía a Isla del Fuego para unas vacaciones de verano.

Llegamos a la pequeña boletería y, agradecidas, dejamos caer nuestro equipaje al suelo.

—¿Me da un pase de diez boletos, por favor? —escuché que tía Jill le decía al hombre de la boletería. Serían unas vacaciones para mí, pero ella iba a tener que regresar a la ciudad de Nueva York para trabajar un par de veces a la semana.

—Pregunta si el ferry llegará a tiempo ¿sí?

—Siempre llegan a tiempo, Annie, a diferencia de la mayoría de las cosas en nuestras dulces vidas jóvenes. Busquemos un lugar en esos bancos.

Mirando fascinada a la gente que me rodeaba, avancé a trompicones tras mi confiada y decidida tía. Me sentí como uno de esos patitos que siguen a la mamá pato. "Impronta", es como lo llaman en biología. Supongo que mi impronta se ha fijado en tía Jill, o J, como me gusta llamarla. Fue un nombre especial que se me ocurrió y me hizo sentir más como su amiga que como su sobrina. J es mi heroína. Es policía, una detective con un puesto especial en la policía de la ciudad de Nueva York. Me trata como si tuviera unas pocas neuronas cerebrales funcionando, pero de todas maneras pudiera hablar con ella.

—Annie, ¿me haces un favor? Entra en esa tiendita de allí y compra cuatro pilas para la cámara, ¿quieres? En la isla costará el doble.

J me dio un billete de veinte mientras apilaba el equipaje junto a uno de los bancos de madera que habíamos encontrado.

—Sí, tal vez también consiga un poco de chicle —grité por encima del hombro mientras chocaba con una sexagenaria baja y corpulenta. La mujer estaba acunando a un cachorro de Lhasa Apso en cada brazo, por lo que no podía ajustarse el gran sombrero de paja morado que le cubría un ojo. Un caballero de su misma edad, vestido con bermudas a rayas azules y verdes, una camisa hawaiana floreada, medias negras y Keds blancas, enderezó el sombrero de la dama y me sonrió.

Riendo, logré evitar a dos mujeres diminutas con enormes pelotas de pelo rizado negro azabache y camisas de lentejuelas y colgantes de diamantes de imitación a juego. Subiéndose los anteojos de sol a la nariz en un movimiento sincronizado, se hicieron a un lado para dejarme pasar, mientras me miraban de arriba abajo. Me abrí camino entre la multitud y entré a la tienda.

Tuve suerte. La vendedora estaba libre. Me detuve junto a un hombre corpulento con un niño pequeño en brazos. Los dos parecían enfrascados en una lucha sin esperanza con un cono de yogur helado. Justo cuando me acerqué al mostrador, perdieron la lucha y la masa fría y viscosa aterrizó en mi pie. Me miré los dedos de los pies cubiertos de chocolate, preguntándome qué hacer mientras el niño soltaba un gemido ensordecedor.

—¡Dios, qué vergüenza!

—Hay una canilla en el muelle, querida. Puedes lavarte el pie ahí fuera. Qué suerte que llevas esas sandalias de nailon.

La vendedora se mostró compasiva mientras ofrecía este consejo.

—Gracias, pero ¿podría darme cuatro baterías doble A, por favor?

La mujer respondió con misericordiosa velocidad. Tomé las pilas y me dirigí a la canilla. Después de un lavado rápido, me dirigí a nuestros asientos, tratando de evaluar a la multitud. ¿Encontraría gente de mi edad en la isla?

Cuando llegué al otro lado del edificio, vi a J y dudé. Estaba hablando con un hombre, absorta en una conversación. El hombre levantó la vista cuando me acerqué y mi tía siguió su mirada. Señaló al hombre hacia los baños. Él asintió y se fue.

—¿Conoces a ese tipo, J? —pregunté, tratando de sonar casual.

—No, sólo quería indicaciones. Vamos, están abordando el ferry. Vamos.

Cargamos como dos mulas y nos dirigimos al barco. El olor a coco del aceite bronceador estaba por todas partes. Los anteojos de sol brillaban como un campo de espejos centelleantes. Me recorrió un estremecimiento de emoción al sentir que estábamos en camino.

Continuando en el modo mula de carga, nos abrimos camino hacia la cubierta superior, aunque sin la gracia de esos animalitos. Una vez instaladas, dejé a tía Jill protegiendo nuestro territorio y me dirigí hacia la barandilla.

Mirando a través de Great South Bay, pude ver Isla del Fuego a la distancia, una larga franja de dunas y pinos achaparrados en el horizonte. En el extremo occidental de la isla se veía la torre de rayas blancas y negras del faro de Isla del Fuego, parpadeando. Los veleros maniobraban a través de las aguas de color azul oscuro de la bahía, como si fueran bailarinas de ballet, con sus velas hinchadas por el viento como faldas de gasa.

—Annie, cuida las bolsas, ¿quieres? Voy al baño.

Asintiendo, ignoré su advertencia sobre las bolsas. "¿Qué les podría pasar en este ferry?" pensé. "Es simplemente su hábito de trabajo lo que la pone nerviosa".

Buscando rostros de mi edad en la cubierta inferior, reflexioné sobre mis próximas dos semanas en la isla. Estaba obligada a conocer gente en la playa.

Por el rabillo del ojo vi que alguien se detenía junto a nuestro equipaje. Ahí van de nuevo esos pícaros de ciudad. Al levantar la vista, mi mirada se posó en un anodino hombre de mediana edad que estaba estudiando nuestras cosas.

—Disculpe…

Antes de que pudiera terminar mi frase, el hombre sonrió, giró rápidamente y se dirigió a la cubierta inferior. Inclinada sobre la barandilla, vi su figura corriendo por la pasarela de acceso al ferry.

Con una mirada apresurada, pude ver que las bolsas parecían intactas. Luego de un examen más detenido, comprobé que todas las cremalleras y solapas estaban intactas.

Me preguntaba dónde estaba J. De vuelta en la barandilla, me incliné y estiré el cuello para ver si ella estaba en la cubierta inferior.

Desconcertada y asombrada, la miré. Allí estaba ella, hablando con el mismo hombre del muelle. "¿Más indicaciones?", me pregunté, agarrándome a la barandilla mientras el *Islander Queen* se zarandeaba entre los pilotes y salía del embarcadero. A pesar del aire cálido y suave que me rodeaba, sentí un escalofrío involuntario.

El trabajo de J a veces me ponía nerviosa. Ella era mi mejor amiga. Mis padres eran unos inútiles: mamá en una montaña rusa de recuperación del alcoholismo, y papá dedicado a sus vuelos dos veces por semana al Reino Unido. Simplemente no quería que le pasara nada a J. Además, mis instintos me decían que había una rara relación entre el tipo que acababa de irse y el que hablaba con J.

El hombre era alto y vestía una camisa negra y pantalones de algún material sedoso. Su cabello oscuro estaba peinado hacia atrás con gel. Era un hombre *lustroso*. Todas sus superficies eran elegantes. Era buen mozo, en un sentido adulto que yo asociaba con las películas extranjeras que le gustaban a tía J.

Mi corazón latía con fuerza cuando me volví para mirar las bolsas nuevamente. Al estirar el cuello para ver si J estaba subiendo las escaleras, pude sentir una punzada de ansiedad. J apareció en lo alto de las escaleras, absorta mientras sacar de su bolso algunos papeles, con el rostro mostrando tensión. Al verme que la miraba, rápidamente me ofreció una sonrisa.

—¿Qué pasa? —dijo cuando se acomodó junto a mí en la barandilla.

—Eh, nada. Disfrutando el paisaje.

Y fue el paisaje el que nos capturó durante los siguientes minutos. El ferry salió del pequeño puerto de Bay Shore, pasó por el puerto deportivo y su estela provocó que los barcos que estaban amarrados allí se balancearan un poco. Parecían saludarnos al pasar. Una vez en la bahía, tomamos velocidad y la brisa nos apartó el pelo de la cara. El aire salado me picó la nariz y volví a preguntarme acerca de aquellos dos hombres extraños.

"¿Debo decírselo?" me preguntaba. Las vocecitas del ángel y del diablo en mi cabeza discutieron brevemente. Incluso si estos tipos significaran algo, J no me lo iba a decir; de lo contrario ya me lo habría dicho, decidí. Me sentí excluida, como un niño pequeño.

—¡Mira, Annie, ya se ven los pueblitos de la isla! Ah, mañana será un excelente día de playa. Necesito descansar.

La tranquilizadora declaración de J sobre la playa me hizo sentir mejor. Dejé a un lado el impulso de soltar: "¿Quién era ese hombre? ¿De qué se trata todo esto?" Iban a ser unas vacaciones estupendas y no iba a dejar que mi imaginación hiperactiva las arruinara.

—J, cuéntame sobre la casa que alquilamos. No me contaste nada.

—Bueno, es una casa bastante grande. Es uno de las primeras construidas antes en el cambio de siglo. El dueño es John T. Egan, conocido por sus amigos como Doc. Está jubilado. Solía trabajar para la CIA. Era un decodificador".

—¡Por Dios, J! ¿No conoces a nadie que tenga un trabajo normal, como un profesor o un vendedor?

J se rio, entusiasmada con el tema.

—Vive en un ala pequeña de la casa y, Annie… ¡tiene un velero precioso! —Extendió la mano para abrazarme. —Vamos a pasarlo genial, Annie, te lo prometo.

—Caramba, creo que ya llegamos.

Los ruidos del motor aminoraron y el ferry se deslizó como un cisne hacia el embarcadero. Tuve la extraña sensación de que el barco estaba parado y que era la isla que se movía hacia nosotros. El muelle del ferry tenía casi tanta gente como el ferry, pero la gente del muelle estaba vestida de manera diferente. Su vestimenta era estrictamente camisetas, pantalones cortos y sandalias. Era como si necesitaras ropa de colores brillantes sólo para llegar a la isla. Una vez allí, tus plumas se desvanecían.

Además de sus uniformes, cada grupo de gente del puerto tenía un carrito rojo como con los que jugábamos cuando éramos niños. También había filas y filas de carros rojos colgados de estantes en el muelle.

"Qué curioso", pensé. Y entonces me di cuenta: ¡aquí no hay coches! Tienes que cargar todas tus cosas en estos carritos.

—Mira todos esos carros —dijo J—. ¡Qué lindo!

Los rostros de las personas se volvieron más claros y nuevamente busqué algunos de mi edad. Había unos pocos candidatos probables y me preguntaba cómo podría conocerlos. Mis ojos errantes se posaron en la parte superior de una cabellera oscura y brillante. El dueño estaba inclinado sobre un carro, sacándolo del estante. Sus manos bronceadas trabajaban rápidamente, haciendo que los músculos de su espalda se ondularan sobre los hombros de su camiseta blanca de la manera más atractiva. Mientras enderezaba el cuerpo sobre un par de piernas largas, bronceadas y fuertes, miró hacia el ferry.

Mis piernas comenzaron a temblar por estar de puntillas e inclinarme sobre la barandilla. Al menos creo que es por eso. Sentí calor y me di cuenta de que me estaba sonrojando. "Caramba, tiene buena pinta. ¿Cómo lo conozco?", me preguntaba.

—Absolutamente hermoso… —se me escapó.

—¿Qué? —dijo J mientras me empujaba —¡Ahí está Doc!

—¿Dónde?

Apartando mis ojos del Sr. Hermoso, vi lo que me pareció Papá Noel después de Weight Watchers. Barba blanca y abundante, cabellera blanca, mejillas sonrosadas y ojos azules brillantes daban carácter a un cuerpo compacto. Estaba erguido y bronceado con su camisa blanca, Levi's y tiradores rojos. Mientras lo miraba encantada, él se dio vuelta para hablar con el chico alto y moreno en el que me había fijado antes. Juntos miraron hacia el ferry y se protegieron los ojos para ver a los pasajeros. Tía J saludó furiosamente y le lanzó besos a Doc cuando él la localizó. El chico sonrió con una amplia sonrisa blanca que iluminó su hermoso rostro bronceado por el sol.

Mi estómago dio un vuelco cuando me di cuenta de mi suerte. Ni siquiera iba a tener que intentar conocer a este chico. Venía con Doc.

—Esto definitivamente va a ser divertido, eh, J.

J me miró y sonrió.

Capítulo 2

Entra Ty

"¡Bien! ¡Muy bien!", pensé mientras mi mente presa del pánico buscaba una manera de lograr peinarme y cambiarme de ropa antes de llegar al muelle para encontrarme con El Hermoso.

—Toma, Annie, toma estas bolsas, ¿quieres? Estamos retrasando el avance aquí.

—Qué bien te verías si estuvieras disfrazada de animal de carga —murmuré.

J ya me estaba tirando las bolsas. Esquivé la primera, pero J me acertó con la segunda. La bolsa me golpeó de lleno en el estómago y casi me derriba.

—Annie, aterriza en el planeta —dijo con impaciencia—. Necesito ayuda. A menos, por supuesto, que el teletransportador esté funcionando y podamos teletransportar las bolsas al muelle.

Sonreí tímidamente, estirándome los pantalones cortos y la camiseta y alisándome el pelo. Respiré hondo y comencé a recoger mi parte de las bolsas. J ya estaba en camino hacia la fila que se formaba ante las escaleras. Coloqué mi carga detrás de ella con las rodillas convertidas en gelatina y la barriga llena de mariposas.

—¿Estás nerviosa por algo?

"Maldita J", pensé. "Es demasiado perspicaz".

—No, yo... Sí, siempre me pongo nerviosa cuando conozco a alguien nuevo, J. ¿Tú no?

—Sólo cuando son tan lindos como ese chico que está con Doc, y tienen mi edad.

Me guiñó un ojo. Podía sentir el rubor subir por mi cuello, más caliente que cualquier quemadura de sol que fuera a sufrir aquí en la isla. Mentalmente, revisé las diversas frases ingeniosas que podía utilizar para causar una gran impresión al chico del muelle. "Hola, soy Annie. Tú, Tarzán. Yo, Jane". Uh, no, un poco demasiado fuerte, creo. "Hola, soy Annie Tillery. Estaré aquí en Isla del Fuego durante dos semanas. Seamos mejores amigos". Uf, eso es aún peor. Mejor simplemente sonreiré.

14

Bajamos las escaleras, un paso dolorosamente lento a la vez, hasta llegar al muelle. La multitud se dispersó como aceite sobre el agua, detenida sólo por las barreras formadas por quienes esperaban con sus carros.

Mientras miraba hacia el lugar donde había visto a nuestro anfitrión, El Hermoso había desaparecido. Recorrí desesperadamente el muelle con la mirada. "¿Cómo puede desaparecer un ser humano entero del tamaño de un adulto?", me pregunté. J se detuvo frente a Doc y yo choqué contra ella.

—Doc, ella es Annie, mi sobrina.

Extendí la mano para estrechar la suya y, al levantar la vista, me encontré con sus brillantes ojos azules.

—Encantado de conocerla, jovencita. Bienvenidas a la Isla del Fuego. Deja tus maletas en el carro.

Se volvió hacia J y, mientras la abrazaba, volví a mirar frenéticamente a mi alrededor. Debí haberme imaginado al chico que había visto. Quizás pertenecía a otro grupo. No creí que fuera bueno decir: "Oye, ¿dónde está el chico lindo con el que estabas, eh, Doc?"

J me sacó de mi aturdimiento con una mezcla de curiosidad y molestia en su voz.

—Eh, lo siento. ¿Qué pasa? —barboté.

—Ya estamos listos para ir a la casa, Annie —dijo Doc— ¿Puedes llevar ese carro? —preguntó mientras conducía hábilmente el suyo entre la multitud.

Me tomó un minuto entender cómo hacer para que el carro fuera en la dirección que quería, pero pronto nos alejamos del área abarrotada del muelle. Nos unimos al desfile en la pasarela de madera que era la vía principal de la pequeña comunidad llamada Point-O-Woods en la que nos encontrábamos. Comencé a relajarme y a mirar a mi alrededor dejando que la brisa del mar refrescara el sudor de mi cuerpo.

—Por aquí —gritó Doc por encima del hombro mientras él y J caminaban cómodamente juntos, reviviendo su antigua amistad. Mientras me preguntaba nuevamente sobre la desaparición del chico que había visto, noté que los pasos de Doc sonaban irregulares. Tenía una ligera cojera. Tomé nota mental de preguntarle a J sobre eso cuando estuviéramos solos.

El paseo marítimo daba a un amplio carril de cemento, donde pude colocarme junto a J y Doc y caminar a la par. A ambos lados de nosotros había pequeñas y acogedoras cabañas, cada una con un lindo jardín. El camino se extendía ante nosotros hasta un horizonte despejado.

—¿Quién vive en estas casas? —le pregunté a Doc.

— La mayor parte son casas de verano, Annie. Se construyeron en los años cuarenta, cuando quedaron terrenos disponibles. Antes de eso, la tierra era propiedad de una corporación de ricos empresarios que se oponían a vender los terrenos. Cuando lleguemos a la playa y al paseo marítimo que la bordea, verás algunas de las grandes y antiguas mansiones que construyeron esos hombres.

—¡Miren! —exclamé con un fuerte susurro. Allí, un lado de la casa por el que pasábamos, había una cierva y sus cervatillos gemelos, pastando descaradamente entre los arbustos que rodeaban la cabaña.

—¿No le tienen miedo a la gente? —pregunté.

—No, aquí todo el mundo los alimenta, pero tienen unos parásitos que causan la enfermedad de Lyme —dijo el Doc— y nadie sabe qué hacer con ellos.

—¡Son tan lindos! —exclamé. Y dicho esto, los tres ciervos huyeron.

—Supongo que no podemos llevarlos a casa como mascotas —se rio J—. No podríamos pasearlos por Central Park —bromeó.

Doc continuó:

—La casa en la que se hospedarán es una de las casas de los dueños originales, Annie, y, debo agregar, una de las más antiguas de la isla. Incluso tiene un pasaje secreto que se utilizó durante los años veinte cuando se contrabandeaba licor a Long Island desde aquí.

—¿Podrás mostrármelo? —Mi interés se despertó al imaginarme una casa antigua con pisos crujientes, ventanas con gablete y misteriosos pasillos oscuros.

—No lleva a ninguna parte, porque tapé la otra entrada para evitar que la gente entrara a la casa en invierno.

—¡Sí, pero me gustaría verlo de todos modos! —supliqué. Habíamos girado hacia el este por otro paseo marítimo. Aquí las casas estaban más separadas, eran más grandes y más antiguas.

—Estas se llaman "casas de tejas" por razones obvias—. Reduciendo el paso y cambiando la mano que tiraba del carro, Doc señaló: —Y ahí está *Windalee*.

—Qué nombre tan extraño —reflexionó J—. ¿Es un invento tuyo, Doc?"

—Si y no. Antes se llamaba "Wind-is-Alee" (El viento -wind- es Alee), lo cual es una contradicción en términos náuticos. "Alee" significa "protegido del viento" y, de todos modos, el nombre es demasiado largo para mi gusto, así que lo acorté a *Windalee*. Encaja. La cabaña recibe la brisa del mar por un lado y el otro da a la bahía más protegida.

—¡Es un sitio genial! —exclamé, observando el marrón oscuro de las tejas desgastadas que contrastaban con molduras y contraventanas blancas. Flores brillantes caían en cascada de las jardineras y ciruelos de playa se entrelazaban en la cerca a lo largo del camino principal. Para alguien que había vivido en la ciudad de Nueva York toda su vida, esta era verdaderamente la casa de sus sueños.

Mientras los carros se acercaban a la cabaña, estalló un ladrido fuerte y agudo. Despertados por el ruido, dos gatos grandes y elegantes, uno blanco con manchas negras y el otro negro con manchas blancas, se estiraron, bostezaron y rodaron sobre sus espaldas mientras nos acercábamos.

Incapaz de resistirme a la aterciopelada panza de un gato, me incliné para hacerle cosquillas. "Qué lugar tan amigable es este", pensé, y dije:

—Realmente me va a encantar estar aquí.

Y seguí haciéndoles cosquillas a mis peludos anfitriones.

—¡Ooooh!

Perdí el equilibrio cuando un par de pequeñas y fuertes garras se apoyaron sobre mis muslos agachados. Los ladridos se materializaron en un terrier escocés negro como el carbón, que corrió hacia mí y luego se alejó emocionado.

—Tranquilo, Merlín —amonestó una nueva voz. Mientras buscaba una oportunidad para ponerme de pie entre ataques, un largo par de piernas bronceadas apareció ante mis ojos. Las recorrí hasta el tronco y la cabeza a la que estaban unidas, y allí estaba él, el chico del muelle del ferry.

Merlín hizo un ataque más y, haciéndome perder el equilibrio, me hizo caer sobre mi trasero. El chico me tendió la mano.

—Hola, soy Ty. Tú debes ser Annie. Encantado de conocerte.

Por un momento me quedé allí sonriéndole. Volví en mí cuando escuché a J aclararse la garganta.

—Yo también estoy encantada de conocerme. Quiero decir, estás encantado de conocerme. Quiero decir…

Sintiéndome como una perfecta tonta, finalmente, mientras su firme agarre me ponía de pie, recurrí a:

—Hola, soy Annie. Gracias.

—Jill, este es mi sobrino, Ty Egan. Él me está ayudando aquí en *Windalee* este verano. Volverá a la universidad en septiembre y estamos intentando dejar el lugar en orden para el invierno.

J sonrió y estrechó la mano de Ty. Simplemente sonreí y pensé que Isla del Fuego debía ser un paraíso donde los sueños se hacían realidad. De hecho, me empezaba a doler la cara de tanto sonreír.

Con las maletas en mano, Ty y Doc llevaron nuestras cosas a nuestro lado de la casa, donde íbamos a quedarnos. Doc señaló un periódico que había sobre la mesa del pasillo y dijo:

—Eso es *Dan's Papers*. Quizás quieras leer el artículo sobre Isla del Fuego. Hay mucha información allí.

Disculpándose, fueron a ocuparse de la cena. Tan pronto como estuvimos solos, me lancé hacia J y la abracé.

—¡Estas van a ser las mejores vacaciones, J, las mejores!

Ella se rio y estuvo de acuerdo.

—Vamos a desempacar. Tengo que hacer unas cuantas llamadas antes de cenar, Annie. Además, Doc nos mantendrá despiertos hasta tarde esta noche. Es un gran narrador. Y un gran cocinero. Si guardas tus cosas rápidamente, tal vez quieras ir a la cocina y preguntarle a Ty si necesita ayuda.

J sonrió ampliamente mientras yo me sonrojaba.

—¡Qué gran idea, J!

Me puse manos a la obra, pasando rápidamente entre el baño, el armario del pasillo y mi cómoda según lo exigía el trabajo. Me encantó mi habitación. Tenía cuatro ventanas que se encontraban en la esquina de la habitación. A través de dos de ellas podía divisar el océano en el horizonte más allá de las dunas. Las cortinas blancas con volantes se hinchaban y deshinchaban con la brisa suave. Toda la carpintería de la habitación era de un tono de madera cálido y natural, y el suelo era del mismo tablón de madera ancha. La alfombra y la colcha eran blancas como la nieve y las paredes estaban cubiertas con un pequeño estampado de flores azules. Era tranquilo y hogareño, pero el olor del océano y la playa lo hacía emocionante para mí.

Cuando terminé de desempacar escuché a J hablando por teléfono. Ojalá pudiera relajarse durante las dos semanas que estemos aquí. Después de un momento, dejé de lado esa preocupación, lista para explorar. Corrí hacia la puerta, salí y pronto me di cuenta de que no estaba en el mismo lugar por el que habíamos entrado. La casa parecía tener tantas puertas y ventanas como tejas.

Llegué a un pequeño y maravilloso porche lateral que se abría a las dunas cubiertas de hierba y daba a la casa de al lado, una versión mucho más pequeña de esta. "¿Habrá pertenecido a la propiedad del dueño original?", me pregunté. Me relajé; sentí que mis músculos se derretían. El aire olía a océano, a madera alquitranada y a arándano. Luego, irrumpiendo en aquella belleza, llegó el olor a humo de cigarrillo. Instintivamente busqué la fuente. Mi madre fumaba. Y también había sido bebedora. La combinación me inquietó y el olor me trajo recuerdos desagradables.

Mientras mis ojos se centraban en la escena que tenía delante, vi que de la otra casa salían tres personas. El cigarrillo pertenecía a un joven de unos veinticinco años, que hacía gestos enfáticos a los otros, dos hombres mayores. Reconocí a uno de ellos como el hombre con el que J había hablado en el barco. Supuse que también debía ser un huésped en la isla. El joven parecía estar señalando hacia *Windalee*.

Un sexto sentido me hizo esconderme en las sombras del porche, pero seguí mirando. Los tres miraban la casa, y la suave brisa del océano puso una inexplicable piel de gallina en mis brazos y piernas desnudos. Cuando los hombres se dieron vuelta para regresar a la casa, la camisa negra del hombre del ferry se abrió con la brisa y reveló una canana y una pistola. No podía equivocarme al respecto. Había visto el arma reglamentaria de J con demasiada frecuencia.

Los hombres desaparecieron y yo me quedé allí, mirando el océano y abrazándome, helada por la incertidumbre de qué hacían estos vecinos. Me encogí de hombros y me dirigí hacia el camino que conducía al otro lado de la casa. Vivir con mi tía la detective me ha hecho sospechar demasiado.

Mi ánimo se recuperó al encontrarme con un maravilloso olor a papas y cebollas fritas. De repente me di cuenta del hambre que tenía. La puerta de la cocina se abrió y allí estaba Ty. Me sonrió, haciéndome un gesto para que me acercara.

—Necesitamos ayuda en la cocina. Llegaste justo a tiempo.

Me abrió la puerta de la cocina y me condujo hasta una habitación grande, aireada y antigua, con un moderno equipamiento de cocina. Me gustó que nuestros anfitriones se tomaran en serio la preparación de la comida, porque yo me tomo muy en serio el comerla.

Ty mostró su hermosa sonrisa blanca.

—¿Qué te parece el lugar?

—¿Cuándo puedo mudarme? ¿Necesitas una criada o una cocinera? Hasta ahora, me encanta. No puedo esperar a ver las playas.

—No te decepcionarás en absoluto —prometió—. Mira, Annie, tengo que ayudar a Doc con la cena. ¿Podrías decirle a tu tía que la cena es en media hora? Si no tienes otros planes, a Doc y a mí nos gustaría llevarlas a navegar mañana. ¿Te parece?

—Súper —grité y corrí hacia nuestras habitaciones. A mitad del camino, me di la vuelta: —¿Tenemos que vestirnos para la cena?

—Sí —dijo Ty, que había estado apoyado contra la puerta mirándome—. Somos muy conservadores en la isla. A diferencia de algunas comunidades costeras, aquí desaprobamos la desnudez.

Se tapó la boca con la mano para ocultar su risa, pero sus ojos brillantes no pudieron guardar el secreto.

—Lo que estás usando está bien.

Intenté un gemido de protesta, pero se convirtió en una risa, mientras lo saludaba y me dirigía a la habitación de J. Cuando entré todavía podía oírla hablando por teléfono. Su tono era serio. Hizo que mis oídos se animaran.

—Sí, yo… contacto con… No —una pausa—. La... reunión... Bay Shore.

La puerta mosquitera se me escapó de la mano mientras me esforzaba por escuchar. Se cerró de golpe. J cambió su tono inmediatamente.

—Está bien, lo haré. Sí, me mantendré en contacto.

Colgó. El viejo miedo familiar se apoderó de mí. J está en algún caso. Probablemente sea peligroso. No quería esa vieja preocupación ahora. No quería que nada arruinara estas vacaciones. Entré a su habitación. Ella vio mi mirada preocupada por un instante.

Quería decirle: "Si tan solo me dijeras cuando estás en uno de esos casos, no me preocuparía tanto". Pero ya habíamos pasado por esto antes. Me diría lo de siempre: "Es por tu propia seguridad". J pareció darse cuenta de mi preocupación y saltó de la cama, como para seguir ordenando alegremente su habitación.

—¿Qué hay para cenar, Annie, y cuándo? Le traje a Doc una caja de *delicatessen* de Balducci's para esta noche. ¡Estoy impaciente por probarlas! Anda, sigue ayudando a Ty. Sólo tengo una llamada más que hacer.

La miré unos instantes, queriendo preguntarle a quién llamaba. Dejé caer las manos a los costados y abandoné la idea. Le dije que estuviera allí en media hora. Mientras regresaba a la cocina, traté de convencerme a mí misma de que le estaba dando mucha importancia a una llamada telefónica de rutina, una de los cientos que había escuchado a J hacer durante toda mi vida. Las luces de la cocina estaban encendidas y la cena olía muy bien. Dejé a un lado el mal presentimiento y me puse a pensar en una velada con Ty.

Capítulo 3

Cena en *Windalee*

Puse la mesa: mantel azul oscuro y vajilla de porcelana blanca. Ty trajo del jardín unas esponjosas flores azules a las que llamó hortensias; me dio un jarrón para que las pusiera, y así lo hice. El comedor, amueblado con antigüedades de roble, tenía el aspecto desgastado de lo que ha sido bien vivido. Cada lugar disponible en las paredes tenía un soporte para una lámpara a prueba de viento, cada una equipada con una gruesa vela.

En verano todavía era de día a las 6 de la tarde, pero se podía imaginar lo acogedora y tal vez incluso espeluznante que podría ser esta habitación cuando oscureciera.

—Bueno, creo que podríamos contratarte, Annie. ¡Es un trabajo hermoso!

Doc examinó la mesa, buscando un lugar para poner una bandeja de antipasto con queso, salchichas, aceitunas y berenjenas.

—Tu tía recordó mi pasión por estas delicias italianas.

J asomó la cabeza en la habitación, miró a su alrededor y levantó el pulgar.

—¡Precioso! Traeré el vino.

Aparecieron todos a la vez y nos sentamos a comer. Mientras avanzábamos con el antipasto, los mariscos locales asados y esas celestiales papas fritas con verduras, la conversación fluyó con facilidad. Me sentí más cómoda con Ty y Doc, y J completó las piezas que faltaban desde la última vez que ella y Doc se vieron.

—Realmente te admiro, Jill —dijo Doc con seriedad—. El crimen en esta zona parece estar expandiéndose cada vez más hacia casos relacionados con drogas y terrorismo. Y los criminales parecen cada vez menos preocupados cuando ejercen violencia contra el resto de nosotros.

Pensé en los hombres de al lado ante la mención de violencia, la visión de la canana del hombre apareciendo en mi cabeza.

—Doc —dije—, ¿Quiénes son los hombres de al lado?

—Son turistas —dijo—. Alquilan el lugar por el verano. Los sigo de cerca. No me gusta su apariencia. Evitan hablar conmigo y creo que uno de ellos tiene un arma. Me gustaría comprobarlo, pero no tengo más información que la que ponen en el contrato de alquiler, y eso no conduce a nada.

"Bueno", pensé, "al menos él sabe lo del arma".

Ty parecía serio.

—Son reservados —pero su ceño fruncido me dijo que a él tampoco le gustaban mucho.

—He tratado de hablar con ellos. A veces puedo captar algunas palabras de una conversación, cuando el viento sopla desde su casa. Sé que no es inglés, pero no puedo identificar el idioma. Lo que más me interesa en la escuela son los estudios extranjeros. Me interesa entablar conversaciones con personas de otros países. No estoy seguro si quiero especializarme en Sudamérica o Medio Oriente. Este año hice buenos amigos con mis profesores. Uno de ellos incluso impartió seminarios en su casa. Conocí a su familia y les envío correos electrónicos tanto a él como a su hijo. Incluso he intentado comunicarme en su idioma.

—Yo intenté hablar español con nuestros vecinos, pero simplemente me dejaron sin palabras. Increíblemente hostiles para una comunidad de balneario como esta.

Después de una pausa, J retomó la conversación.

—¿Cómo está tu pierna, Doc? Dejaste el bastón, ¿eh?

—Sí. La operación de rodilla funcionó. Ya no tengo que preocuparme por que me vuelen las piernas, así que las cosas deberían funcionar.

J respondió a la expresión de mi rostro y dijo:

—Doc nunca te dirá esto, pero recibió fragmentos de metal de una bomba en su rodilla cuando trabajaba para el gobierno. Un ataque terrorista contra funcionarios de la ONU en Bosnia.

—Cosas del trabajo. ¿Qué tal ese pastel de durazno ahora? —Doc cambió de tema con destreza.

—Esta isla debe tener algunas historias interesantes — aventuré—. Quiero decir, incluso tienes un pasadizo secreto…

Me moría por verlo.

—¡Oh, sin duda! — respondió Doc con un guiño—. Desde piratas hasta filibusteros, naufragios, contrabandistas y narcotraficantes. ¡Tú dilo! Estar en la costa con un puerto agradable y seguro hace que este sea un lugar ideal para todo tipo de bandidos.

J dejó el tenedor y reprimió un bostezo.

—Estoy segura de que tendremos mucho tiempo para historias en los próximos días. Voy a disculparme. Estoy exhausta. Buenas noches a todos —dijo rozando la parte superior de mi cabeza con un beso.

—Creo que es una buena idea —coincidió Doc.

—Yo me encargaré de lavar los platos, Doc —ofreció Ty
—. ¿Me ayudas, Annie?

"Puedes apostarlo", pensé. Nunca me entusiasmó tanto la idea de trabajar en la cocina.

—Es lo menos que puedo hacer —respondí, tratando de alejar de mi cara una sonrisa tonta.

Doc y J se habían ido a sus respectivas habitaciones y el comedor estaba silencioso. Ty se aclaró la garganta y, luciendo un poco nervioso, preguntó:

—¿Puedes recoger la mesa mientras guardo las sobras?

—Claro que puedo —dije, alegre por la oportunidad de continuar nuestra conversación y conocer a Ty.

"¿Podría ver el fantasma?" Me sentí tonta al preguntarle, pero cuando volví a mirar a Ty, la emoción de la emoción tembló una vez más.

Capítulo 4

Historias de fantasmas de Isla del Fuego

El siguiente fue un día de navegación perfecto. Mientras tomábamos un café, le dije a J, con un suspiro:

—¿No es lindo, J?

Por supuesto, ella sabía que me refería a Ty.

—Sí, Annie. Es muy agradable. Me alegré mucho cuando Doc me dijo que estaría aquí durante nuestra visita. Realmente puede mostrarte la isla. ¿Qué te pareció Doc? Es un tipo muy interesante. Estará lleno de historias hoy, algunas que ni siquiera yo he escuchado. ¿Y qué te pareció la cena?

La cena había sido algo que nunca olvidaría. Sin embargo, para mí la mejor parte fue pasar la velada con Ty. Me hizo sentir muy cómoda. Parecía que realmente le importaba lo que yo decía. Lo ayudé a lavar los platos después de la cena y planeamos algunas cosas que podríamos hacer juntos. Después me mostró el barco que estaba construyendo, una réplica de los botes salvavidas que utilizaban los equipos de rescate para recoger a los supervivientes de los naufragios de las terribles tormentas que asolaban Isla del Fuego. Nunca dijo nada sobre sus padres y me alegré: habría sentido que entonces tendría que hablar de los míos y no quería hacerlo. Cuanto menos pensaba en ellos, mejor.

—¿Dónde están los padres de Ty? —pregunté en un impulso.

—Ty ha vivido con Doc durante los últimos años. Su madre está muerta y su padre está en un hospital psiquiátrico —dijo J bajando la voz.

Nuestras miradas se encontraron por un momento. Miré por la ventana, digiriendo la última información. Sentí por un momento una gran cercanía con Ty y, por supuesto, mis pensamientos se dirigieron a mi madre, cuyo rostro devastado por el alcohol se materializó en la pantalla de televisión de mi memoria.

—¿Pasaste bien con Ty anoche? Hablaron bastante en la cocina.

—Uh, sí, lo pasé muy bien, J. —Luché por cambiar el canal de ese televisor mental a otro programa. —¿Qué ropa te vas a poner para navegar?

—Un traje de baño y pantalones cortos, pero traigo camisetas. Al anochecer hace frío en el mar.

Sonó el teléfono y lo agarré, esperando que fuera Ty el que llamaba al teléfono de la casa. La voz al otro lado de la línea me puso tensa, mientras el corazón se me deslizaba hasta mis zapatos. Era mi padre, el bueno de Randall. Respiré hondo, cerré los ojos con fuerza y reprimí las ganas de decir: "Papá, déjame en paz. Vine aquí para alejarme de ti y de mamá".

En lugar de eso, vino una bien practicada respuesta automática:

—Hola, papá, estoy bien. ¿Tú cómo estás?

J me indicó con la mirada que quería hablar cuando terminara.

—Papá, te llamaré si tengo algo nuevo de qué hablar, ¿sí? No, no voy a llamar a mamá. No se me ocurre nada que decirle. Papá, por favor, ya hemos pasado por todo esto antes. Aquí está J. Quiere hablar contigo. Te llamaré la semana próxima. Adiós.

Le entregué el teléfono a J, que me miró con esa mezcla de tristeza y preocupación que me hacía sentir culpable. Me fui a mi habitación.

"¡Maldición, maldición, maldición!" Golpeé las almohadas de la cama en silencio y las lágrimas se escaparon rebeldemente de mis párpados apretados.

"¿Por qué me llama?", pensé. "Nunca está en casa. Si estuviera, tal vez mi madre no se estaría consumiendo en algún centro de rehabilitación". Deseaba que hiciera una ruptura limpia y se fuera a vivir a un país lejano.

Estrujando la almohada con todas mis fuerzas, miré entre lágrimas el océano en calma, del otro lado de la ventana. Algo cálido rozó mi pierna. Era el gato blanco y negro que había visto ayer. Cuando me agaché para rascarle la cabeza, se dio la vuelta, presentando su vientre blanco y regordete a la espera de cosquillas.

Perdiéndome en la cálida sedosidad de su vientre y el efecto hipnótico de su ronroneo, me recuperé. No dejaré que nada me arruine el día, resolví. Me prometí a mí misma que no iba a lidiar con los problemas de mis padres aquí en Isla del Fuego. Lo decidí. Después de que J cuelgue, le diré que atienda todas las llamadas futuras de mi padre. Para él no estaría disponible.

Me levanté del suelo y me dirigí a la habitación de J. Al doblar la esquina del pasillo, escuché un fragmento de su conversación.

—Hice contacto ayer.

¡Esa palabra otra vez! Era difícil no intentar escuchar la conversación telefónica de J. Quería saber qué estaba pasando. Me sentía fuera de control cuando estaba en la ignorancia. Quizás necesite ayuda. ¿Cómo podría ayudarla si ella se mantenía sin decirme nada?

Escuché el sonido del receptor en el soporte. Apretando la mandíbula, entré a la habitación de J. Levantó la vista y, al ver mi cara, dijo:

—Annie, no dejes que esta llamada telefónica arruine tu día, ¿de acuerdo? No hay teléfono en el barco de Doc.

—No quiero hablar con él si vuelve a llamar, J.

—Es tu padre, Annie. Se preocupa por ti. Me gustaría que tuvieras una buena comunicación con él.

Mirándola fijamente, hice un esfuerzo para decir:

—Ya veremos. Ahora voy a contar hasta diez y concentrarme en pasar un buen rato.

Un fuerte ladrido anunció la llegada de Merlín. Entró corriendo alegremente cuando abrí la puerta mosquitera. Ladeó la cabeza, expectante, como diciendo: "¿Vienes?" Lo levanté y le di un abrazo, mientras él gruñía juguetonamente y luchaba por liberarse.

Me apresuré a vestirme y salir antes de que el teléfono volviera a sonar. Hoy iba a ser una aventura y yo iba a ser el personaje principal, si tenía algo que decir al respecto. Mirando hacia el patio, llamé a J:

—Te veré afuera. Veo a Doc y Ty.

—Ya voy, Annie.

El pequeño puerto deportivo de Point-O-Woods estaba lleno de embarcaciones que se balanceaban suavemente. La brisa creaba una sinfonía metálica de drizas golpeando contra los mástiles. El viento era perfecto para un día de navegación.

Ty y yo llevábamos la hielera entre ambos, y nuestras cosas personales metidas en las mochilas a la espalda. J y Doc nos siguieron, J envuelta en su buzo con capucha y pantalones deportivos y Doc con la misma combinación de ropa del día anterior. Nos detuvimos ante a un velero de diez pies de color azul oscuro. Letras doradas, talladas en la caoba barnizada y brillante proclamaban que el nombre del velero era *Star*, y ciertamente parecía una estrella. El mástil estaba esmaltado en un blanco brillante y la vela cuidadosamente enrollada dentro de un cobertor de lona amarilla. Tenía una cubierta de teca y los accesorios de bronce brillaban cuando la luz del sol se reflejaba en ellos. Doc sonrió mientras yo miraba.

—¿Puedo subir?

—Claro, puedes abordar —invitó, corrigiendo mi ignorancia de la terminología náutica, propia de la gente de tierra adentro. Sonriendo, le respondí:

—¿Tengo que caminar sobre la plancha si no aprendo todas las palabras de marinero?

—Exactamente —me sonrió y lanzó una carcajada.

Calculando mis movimientos, pasé por encima de la cuerda baja que rodeaba la cubierta del velero. La cuerda baja, como descubrí más tarde, se llama "línea de vida". En mares agitados, los marineros se atan a la línea de vida con un cabo para no caer por la borda. Me dirigí a la popa y bajé a una zona con asientos, un timón y un banco de instrumentos.

—Esta es la bañera, también llamada *cockpit* —informó Ty con su manera informal y tranquila. —Si quieres, luego te mostraré cómo funciona todo.

—Me gustaría —dije mientras mis ojos vagaban por el laberinto de cables, cuerdas y líneas.

—No es tan confuso como parece.

—¿Cuándo aprendiste a navegar? —Me senté, bañada por el cálido sol, escuchando su suave voz, disfrutando cada minuto.

—No lo recuerdo cuándo. Siempre he pasado los veranos aquí con Doc.

Por un momento, vi un destello de tristeza en sus ojos, pero en seguida sonrió. Agarrando mi mano y sacándome de la bañera, dijo:

—Ayudemos a guardar nuestras cosas para que podamos ponernos en marcha.

En unos cuantos minutos de mucho trabajo, la comida estuvo puesta en la heladera, la cubierta de la vela fue quitada y guardada, y todos estuvimos a bordo. Ty soltó hábilmente las amarras y por fin quedamos libres para alejarnos del muelle.

Doc iba al timón, evaluando las señales del mar como un sabueso que detecta el olor de un conejo.

—No me gusta la salida del muelle. El canal es estrecho y nunca se sabe cuándo llegará el ferry —murmuró Doc como para sí mismo mientras examinaba el agua en busca de boyas que marcaran la salida del pequeño puerto. Entrecerró los ojos para observar los instrumentos y comprobó la dirección del viento en la veleta situada en el extremo del mástil.

Cuando estuvimos ya fuera del canal, en la bahía, Ty saltó al techo de la cabina y se preparó para izar las velas.

—Arriba, Doc —llamó.

Doc giró contra el viento y Ty tiró de la driza mayor hasta que la vela mayor estuvo completamente arriba del mástil. La brisa era más fuerte aquí en la bahía, la vela chasqueaba y ondeaba, y sus herrajes hacían ruidos metálicos al chocar contra el mástil.

De repente, el ruido del motor cesó, cuando Doc cortó el encendido para optar por el viento. Con un último chasquido, la vela se hinchó, mientras Ty la aseguraba con una cuerda a una cornamusa. El *Star* se inclinó hacia un lado, mientras el viento hinchaba la vela. El único sonido era el silbido de la espuma del mar al deslizarse por el casco.

No podía quitar los ojos de la vela, sobre la que ondeaban serpentinas de alegres colores.

Siguiendo mi mirada, Ty dijo:

—Esos se llaman "telltales". Te permiten saber cómo se mueve el aire sobre la vela, para que puedas ajustarla y aprovechar al máximo el viento.

Mirando la enorme vela blanca, todo lo que pude decir fue:

—¡Ooooh!

—Ty, iza el foque. Hoy nos dará un buen viaje.

Ty fue hasta la proa y desapareció al otro lado de la vela mayor. Se escuchó un chirrido metálico y se izó otra vela a lo largo del gran cable que iba desde la proa hasta la punta del mástil. Doc ató la esquina inferior de la vela y el barco se hundió un poco más en el agua, ganando velocidad.

J tomó asiento en el borde de cubierta de la bañera y apoyó las piernas en el asiento.

—¡Esto es el paraíso! —suspiró y le sonrió a Doc.

—Creo que hoy nos podríamos ir en dirección a Smith's Point. Eso nos permitirá un retorno fácil.

Dicho esto, Doc comprobó su brújula y su velocímetro. Ató el timón en su lugar y desapareció dentro de la cabina.

Ty captó mi mirada interrogativa y dijo:

—Ese es nuestro piloto automático.

Doc reapareció con té helado y refrescos para todos, y pasamos los siguientes minutos disfrutando de la maravilla de navegar.

Desde donde navegábamos, Isla del Fuego se deslizaba por un lado y Long Island por el otro.

—Doc, ¿de dónde viene el nombre de Isla del Fuego?

—Es una buena pregunta, Annie. Hay bastantes teorías. Long Island fue un centro comercial muy importante, ya desde la época colonial. Aquí había algunos de los puertos balleneros más importantes del mundo. Como puedes ver, esta bahía hace de la costa sur de Long Island un puerto seguro muy deseable. El problema era pasar Isla del Fuego y entrar a la bahía misma.

—¡Es cierto! Lo escuché en las noticias —intervine—. Isla del Fuego siempre está cambiando.

—Aquí tenemos algunas tormentas fuertes y eso mueve la arena en las ensenadas —añadió Ty.

J observó:

—Hoy en día, lo único que preocupa es que las casas de verano se caigan al agua.

—Bueno, de todos modos, las ensenadas eran muy importantes. Para guiar a los barcos a través de las ensenadas y hacia la bahía, los colonos hacían grandes hogueras en las entradas a la bahía. Los británicos no construían faros aquí y los colonos no podían hacerlo sin permiso. Se trataba de una colonia próspera, pero los colonos pagaban tanto dinero a los británicos que de todos modos no habrían podido permitírselo.

—¿Pero eso no causó muchos naufragios? —preguntó Ty —. Porque los capitanes de muchos barcos no sabían por qué lado del fuego pasar.

—No tantos como cuando los piratas tomaron el control — dijo Doc.

—¿Piratas? ¿De verdad había piratas en Isla del Fuego? — dije, asombrada.

—Más que en cualquier otro lugar de la costa este. Recuerda, había muchos barcos en estas aguas —continuó Doc mientras revisaba las velas.

—Y naufragios, dijo una J adormilada desde debajo de su visera.

—Sí, los naufragios se remontan al siglo XVII. Los buzos vienen de todo el país para explorarlos—. Ty se apartó el pelo

de los ojos y señaló una brecha en la tierra en el horizonte. —
Esa es la entrada.

—No parece traicionera —comenté. Me puse de pie para
tener una mejor vista y me golpeé la cabeza contra la botavara,
viendo estrellas por un momento. —¡Ay!

Me froté la cabeza y, para mi sorpresa, todos se rieron.

—Lo siento —J se rio tapando su boca con el puño
mientras intentaba reprimirse ante mi error.

Ty resopló en su mano ahuecada mientras bajaba a la
cabina.

—No les hagas caso, Annie —sonrió Doc—. Le pasa a
todo el mundo antes de acostumbrarse a un velero. Incluso a
algunos que están acostumbrados todavía les pasa en alguna
ocasión. Pero resulta muy gracioso —se interrumpió con una
carcajada.

Tratando de desviar la atención de mí, dije:

—Doc, ¿por qué es tan peligrosa la ensenada? No veo
ninguna piedra. El agua aquí está muy tranquila.

—Es justamente eso, Annie. Las rocas no se mueven, pero
la arena sí. La parte más profunda de la ensenada se desplaza
según el clima. Y no te dejes engañar por las aguas mansas.
Hoy el tiempo está tranquilo. Todo lo que se requiere es
invertir la dirección del viento y verás grandes olas rodando

hacia la orilla. Ya sabes, las olas que les encantan a los surfistas.

Ty salió de la cabina con bebidas frías y un plato lleno de sándwiches. Olían delicioso y, de repente me di cuenta de que me moría de hambre. J se despabiló instantáneamente y todos nos zambullimos en la comida.

Para entonces habíamos salido de la ensenada y Doc giró el *Star* en dirección este para correr a lo largo de la costa de Isla del Fuego. Mientras hacía eso, un extraño impulso doméstico se apoderó de mí y me levanté para limpiar los restos del almuerzo. Una mano fuerte pero suave me empujó hacia atrás en mi asiento, mientras la botavara volvía a pasar zumbando sobre mi cabeza. La mano se demoró un momento y yo le devolví el apretón, con un curioso escalofrío hormigueando los dedos de mis pies.

—Tienes que tener cuidado con esa cosa, Annie.

Incliné la cabeza hacia arriba y miré esa cálida sonrisa a pocos centímetros de mi cara. El calor me inundó y me reí, muy consciente de su cercanía.

—Me doy cuenta. Enséñame a navegar y tal vez aprenda a evitar la botavara.

Ty miró inquisitivamente a Doc, quien dijo:

—Adelante; de todos modos tengo las piernas cansadas.

Durante la siguiente media hora, Ty me explicó la física de la navegación, mientras permanecía cerca de mí y guiaba mi mano sobre el timón. Queriendo impresionarlo, pero más que nada para sentir la emoción de atrapar el viento e impulsar el bote a través del agua cristalina, me propuse ser una excelente estudiante.

Pronto lo entendí y pude mirar la costa que pasaba por nuestro lado de babor, la interminable extensión de playa blanca salpicada de coloridos habitantes. Cada casa de playa miraba hacia el mar desde ventanas que parecían espejos, señalando a los barcos que pasaban con banderas, banderines y mangas de viento de colores vibrantes.

—Doc, con todos estos naufragios, debe haber algo de folklore interesante. Ya sabes, supersticiones locales, leyendas y cosas por el estilo —dijo J, abandonando su siesta para hacerle compañía a Doc mientras Ty y su alumna mantenían el barco en rumbo.

—¿Qué pasa con las historias de fantasmas? —agregué, tensando la vela mayor—. Colecciono historias de fantasmas. Empecé cuando estaba haciendo un proyecto de sexto grado y nunca paré.

—A principios del siglo XIX, muchos colonos llegaron a Long Island —comenzó Doc—. Primero vinieron los hombres para establecer un lugar donde vivir y luego enviaron a buscar a las mujeres y a los niños. Por lo general, los barcos evitaban llegar a Long Island entre agosto y noviembre debido a la temporada de huracanes, pero un barco en particular se retrasó en Jamaica y llegó a la costa justo al mismo tiempo que una tormenta tropical. Según los registros que lleva la iglesia de Bay Shore que atendió a los sobrevivientes, no fue un huracán en toda regla, sino una tormenta fuerte con un vendaval.

Doc tenía ahora toda nuestra atención, mientras imaginábamos el velero de madera arrojado en un mar vuelto traicionero por los vientos tropicales.

—Se llamaba *Hébridas* y llevaba veinticuatro mujeres y dieciséis niños, con una tripulación de ocho marineros. La buena suerte de los doce supervivientes fue que el barco se partió en un banco de arena similar al que estamos pasando ahora mismo. ¿Ves? allí, la franja de agua verde claro. Cuenta la historia que las mujeres envolvieron a sus hijos pequeños en sus chales antes de saltar por la borda para nadar hasta la orilla. Esto resultó fatal para algunos de los niños. No podían sacar la cabeza sobre la superficie de lagua para respirar y, de todos modos, la mayoría de las madres no sabían nadar. Estaban a merced de las olas.

Sentí que se me llenaban los ojos de lágrimas al imaginarme esta horrible lucha. Todos los ojos estaban puestos en Doc.

—Muchas mujeres que lograron llegar a la costa llegaron con bebés ahogados, y la alegría de su propia supervivencia se vio frustrada por la culpa y el dolor de perder a sus bebés de una manera tan trágica.

—¿Murieron todos los niños? —pregunté con un nudo en la garganta. Una visión de mi propia madre apareció, sin ser invitada, en mi cabeza. Con un estremecimiento involuntario, saqué el pensamiento de mi cabeza hacia dondequiera que hubiera venido.

—No. Algunos pudieron ser reanimados, y esto llevó a una mujer en particular a vagar por la playa, tratando de encontrar a alguien que pudiera revivir a su bebé. Cuando vieron que su hijo estaba muerto, la buena gente de Bay Shore intentó consolarla. Estaba sufriendo por el frío y tenía una herida grave en el brazo, pero nadie pudo calmarla ni tuvieron tiempo de detener las labores de rescate por ella. Vagó por la playa, con su bebé abrazado a ella, hasta que se desplomó y también murió. Su tumba está en el antiguo cementerio de Bay Shore.

—Qué terrible —murmuró J.

Ty se había hecho cargo del timón. Me sequé una lágrima mientras Doc continuaba.

—Poco después, la gente comenzó a decir haberla visto caminando frenéticamente por la playa en las noches de tormenta. Incluso hoy en día, la gente ve de vez en cuando a la

"Madonna Fantasma", como la llaman. Una vez, un equipo de gente de una de las universidades locales vino a estudiar lo que llamaron un evento paranormal. Ahuyentaron al fantasma durante meses.

—¡Qué gran historia, doctor! ¿La has visto tú mismo? —preguntó J.

—Yo tampoco creo en historias de fantasmas, Jill. Pero algunos en la isla juran haberla visto.

Navegamos hasta bien entrada la tarde, calentados por el sol. No podía quitarme de la cabeza la historia de fantasmas de Doc.

—Creo que es hora de regresar. ¿Listos para empezar? —llamó.

Ty se movió hacia el otro lado de la bañera. Decidí seguirlo justo cuando Doc hacía girar el barco hacia el viento. La botavara giró hacia el lado de sotavento del barco y esta vez me agaché antes de que Ty me agarrara. Mi sombrero salió volando y, mientras lo veía balancearse sobre las olas, murmuré:

—Ya lo entenderé.

J se retiró a la cabina y Doc se ocupó de ajustar las velas.

—La he visto —dijo Ty en voz baja— y conozco a alguien en la isla que también la ha visto.

Al principio pensé: "¿Quién? ¿Has visto a quién?" Cuando me di cuenta, lo miré y sentí un estremecimiento de emoción.

—Estás bromeando. ¿Es una broma, verdad?

Pude ver por su cara que no era una broma.

—No es broma. Pero si no me crees, simplemente nos lo saltaremos, ¿sí? No hablo de eso con Doc. Él piensa que es una locura.

—¿Podré ver el fantasma? —me sentí tonta al preguntar, pero cuando volví a mirar a Ty, la emoción tembló una vez más.

—Mañana por la noche. —Me miró con un brillo de emoción en sus ojos— Las próximas dos noches podrían ser el momento de vigilarla. No hay luna.

—Entonces mañana por la noche.

Sentí un escalofrío cuando una nube algodonosa pasó frente al sol.

El cielo se iluminó del mismo modo como había oscurecido. Nuestros planes de encontrar a La Madonna Fantasma mañana por la noche me dieron una sensación de cercanía con Ty. Me gustó la sensación. Quería tocarlo de alguna manera, tomar su mano o apoyarme en su musculoso brazo moreno. La sensación era tan intensa que miré a mi alrededor para ver si alguien más en el barco podía ver las ondas de energía pulsando desde mí hacia Ty.

En ese momento Ty se volvió hacia mí, sin sonreír, sólo mirándome. No sabía qué decía exactamente esa mirada, pero me sentí aún más atraída por él.

—Es hora de arriar las velas, Ty —dijo Doc.

El clima de emoción se hizo añicos como el hielo en una tormenta. Ty subió a cubierta en un santiamén. Pronto, las velas estuvieron arriadas y guardadas.

—Gracias por un gran día, Doc —J bostezó de satisfacción —. Estoy tan relajada que puedes arrojarme una manta aquí en el barco. Dormiré como un cachorrito.

Relajada era la última palabra que usaría para describir mi propio estado de ánimo. Quería seguir navegando. Quería convertirme en una marinera experta. ¡Esta noche! Pero, sobre todo, no quería dejar a Ty. Tenía un millón de preguntas que quería hacerle. Quería saber todo sobre él. Este anhelo me hizo sentir un hormigueo que nunca antes había sentido.

Mientras estaba perdida en mis ensoñaciones, habíamos regresado al puerto deportivo. Doc y Ty aseguraron el barco, mientras J y yo recogíamos nuestras cosas para regresar a *Windalee*. Cuando regresamos a la casa ya estaba oscuro. La hierba de la playa lanzaba misteriosos susurros en la brisa fresca, mientras los grillos chirriaban con todas sus fuerzas.

—Vamos, Annie —dijo J—. Hemos tenido un día largo.

De mala gana, les dije buenas noches a Ty y a Doc.

—No olvide nuestro recorrido por las playas de mañana, capitana —Ty me guiñó un ojo—. Hiciste un gran trabajo pilotando el barco —añadió mientras se alejaba de mí, casi cayendo sobre Merlín, que estaba en el proceso de olfatear dónde había estado su gente.

—Gracias. Adiós —respondí, sintiéndome abandonada. Me quedé de pie, clavada en el suelo, observando a Ty desaparecer en la penumbra del jardín. J tiró de mí suavemente.

—Annie, lo verás mañana. No te preocupes. Doc lo encierra en su habitación por la noche para que nadie pueda secuestrarlo. ¿Sí? —J sonrió y sacudió la cabeza mientras la seguía adentro, riéndose del ridículo cuadro que acababa de pintar.

Ahora tenía mucho sueño. Me metí en la cama, sin poder siquiera cepillarme los dientes, y pronto estaba soñando con la playa al otro lado de las dunas. En algún lugar del sueño, Ty y la Madonna Fantasma estaban jugando voleibol en la playa.

Capítulo 5

Alice en "El país de las Maravillas"

—Bueno, hola, dormilona —fue el saludo ahogado de Ty, que estaba enterrado bajo un montón de velas de nailon. Al principio pensé que estaba ordenando las velas, pero cuando me acerqué, pude ver que estaba cosiendo—. Casi termino —anunció—. ¿Lista para un recorrido por la playa?

—¡Puedes apostar! No puedo esperar para correr olas. ¿Puedo ayudarte a plegar esa vela? O lo que sea que estés haciendo con ella.

Era otro día hermoso, cielo azul claro con sólo un toque de neblina saliendo del agua.

—Solo ayúdame a volver a meterla en la bolsa y podremos irnos.

Ty me alcanzó la bolsa y empezó a meter la vela en ella. La arrojó dentro de un armario, me agarró la mano y salimos por las dunas hasta la playa.

El mar era de un hermoso color azul verdoso oscuro. Su color se aclaraba hasta convertirse en el brillo vidrioso de una vieja botella de Coca-Cola, donde las olas se curvaban hacia la orilla. La arena blanca, con remolinos de color amatista, se extendía como una alfombra suave y ondulada entre nosotros y la línea de rompiente. El aire silbaba con un mar fresco que nos hacía cosquillas en la piel con su espuma.

—¿Qué es esa cosa morada en la arena? —pregunté, absorbiendo la belleza del día.

—Caparazones de almejas. Las variedades de almejas que tenemos aquí tienen una capa interior de color violeta. Las olas los pulverizan en granos finos y el oleaje crea esos diseños en la arena.

—Genial —murmuré, sintiendo la necesidad de saltar al agua. Como si hubiera leído mi mente, Ty empezó a quitarse la camiseta. Yo hice lo mismo y, tomados de la mano, nos sumergimos en las suaves olas.

El agua me produjo un impacto helado al principio que se convirtió en refrescante a medida que nos balanceábamos en las olas. La sal me picaba los ojos y el sol brillaba en las cambiantes superficies del agua en destellos cegadores. Nadé una corta distancia, paralela a la orilla, girando sobre mi espalda para flotar. Ty extendió su mano y tomó la mía. Flotamos juntos, escuchando y sintiendo el mar a nuestro alrededor.

—¿Cómo aprendió a nadar tan bien una chica de ciudad como tú? —preguntó.

—Mi escuela tiene un equipo de natación. Usamos la piscina del N.Y. Athletic Club. Todos en la escuela tienen que unirse a un equipo y yo soy un cero en los deportes de pelota. Decidí que lo mío era el equipo de natación.

Pensé en lo diferente que era esto de la piscina del N.Y.A.C.

—No puedo imaginar lo que es crecer en una gran ciudad sin océano ni espacios abiertos —reflexionó Ty.

—Es lo que yo conozco —respondí sintiendo la necesidad de defender mi vida—. Lo veo como un gran gimnasio o laberinto en la jungla que debes conocer. Desde muy chica aprendes adónde no ir. Y qué es seguro.

—¿Cómo es eso? —preguntó Ty, mientras flotábamos a la deriva acercándonos a la orilla.

—Normalmente te lo enseñan padres y maestros. A veces lo aprendes por experiencia.

Recordé el miedo de mi infancia a que los coches se abalanzaran sobre mí en la vereda. Una vez, una mujer intentó meterme en su coche. Conseguí que me soltara asustándola con una pistola de fulminantes de juguete.

—Hay una sorpresa en cada esquina y mucho que hacer. Te sorprendería saber cuántas cosas interesantes hay para hacer en la ciudad de Nueva York.

—Lo haces sonar interesante —dijo Ty—. Me gustaría verlo.

—J y yo podemos llevarte a pasar buenos momentos en la gran ciudad, Ty. Ven y visítanos. —Le guiñé un ojo y sin darme cuenta le apreté la mano. Él me devolvió el apretón.

—Mira, veo a Alice — exclamó Ty—. Ella es quien ha visto al fantasma. Vamos a hablar con ella.

Dicho esto, volvimos a sumergirnos entre las olas. Pronto estuvimos en la playa, secándonos con nuestras camisetas.

Alice estaba a unos quinientos metros playa abajo, una figura envuelta en colores vivos, con el rostro ensombrecido por un gran sombrero. Dos perros grandes ladraban saltando alternativamente entre las olas y alrededor de sus piernas.

—No te sorprendas por nada de lo que diga Alice— advirtió Ty—. Es bastante excéntrica. Buena señora, pero a veces parece estar un poco perdida.

Alice apareció a la vista. Vista de cerca, era muy alta y elegante. También era mucho mayor de lo que había imaginado. Su piel estaba surcada por una miríada de pequeñas arrugas y era de color marrón nuez. Su cabello se enrollaba alrededor de la coronilla en una trenza plateada y oscura. Llevaba un vestido playero largo y sin mangas de color azul, lavanda y rosa intenso. Tenía montones de pulseras y cadenas. Llevaba un anillo en cada dedo y un enorme cristal colgaba de una de las cadenas de su cuello.

—Alice DeLea, ella es Anne Tillery. Ella y su tía se quedarán con Doc y conmigo durante un par de semanas.

Alice tomó la mano que le ofrecí y la sostuvo firmemente, mirándome directamente a los ojos. Mantuvo esta postura por un momento y luego su rostro se arrugó en una sonrisa.

—Tienes una cara hermosa y abierta, Anne. Fácil de leer tu personalidad. Igual que Ty —observó.

No sabía qué decir ante este vergonzoso análisis del primer encuentro. Ty había dicho que no me sorprendiera. Solo logré decir:

—Prefiero Annie a Anne, por favor.

—Annie, entonces. ¿Qué te ha parecido Isla del Fuego hasta ahora?

—Ha sido un gran cambio para mí desde la ciudad. Me encanta su belleza y ayer escuché que también hay algo de misterio.

La miré para ver su reacción. Ella había estado rascando distraídamente las orejas de uno de los perros. Me miró con los ojos entrecerrados. Parecía estar tratando de descifrar lo que quería decir.

—Le hablé de nuestro fantasma, Alice —dijo Ty—. A ella le gustaría echarle un vistazo.

—¿Qué experiencia tienes con fantasmas, querida? —Alice se volvió toda una profesional. Su pregunta me dejó perpleja. ¿Qué era esto, una entrevista de trabajo?

—Eh, ninguna. Colecciono historias de fantasmas —añadí sin convicción—. Pero creo que son reales —Intenté sonar convincente. Ella continuó mirándome por un momento más.

—Te diré una cosa —dijo, reponiéndose de su larga mirada—. Ty y Annie, vengan a casa. Hablaremos sobre esto un poco más, donde podamos estar más cómodos.

No me había dado cuenta hasta ahora de que el sol había calentado mucho. Podía sentir mis hombros hormiguear por las quemaduras del sol. Presioné un dedo en mi hombro y noté el punto blanco que dejaba y que era el signo revelador de demasiado sol.

—Sí, el sol está fuerte— observó Ty, arrojándome una camiseta. —Es hora de salir de aquí—. Nos pusimos en camino, caminando trabajosamente por la suave arena, saboreando cada bocanada de brisa refrescante que llegaba.

La casa de Alice era moderna, tenía muchas terrazas y ventanas enormes. Nos guio por el camino hasta un portón que anunciaba que la casa se llamaba Casa de Cristal. Una vez dentro, subimos una escalera circular hacia una sala de estar cavernosa, con ventanas de piso a techo en tres lados, que brindaban una vista incomparable del océano. Había campanillas de viento colgadas por todas partes, tintineando melodiosamente con la brisa que entraba por las secciones abiertas de la ventana. Un atrapasueños colgaba de cada sección abierta de vidrio, y unos atrapasoles salpicaban generosamente las secciones fijas de las ventanas, representando todas las formas de vida marina imaginables. El nombre Casa de Cristal encajaba. Una música suave de meditación creaba un clima relajante.

—Ustedes siéntense y pónganse cómodos, mientras yo preparo algunos refrescos—. Alice nos dejó solos. Nos sentamos en lados opuestos de la habitación y Ty me guiñó un ojo.

—Un lugar bastante inusual, ¿no? — sonrió.

—Me gusta. Es aireado y todas estas cosas hermosas lo hacen parecer vivo —El lugar me daba una sensación de paz, pero al mismo tiempo me mantenía atenta a las sensaciones que me provocaba.

—J y yo fuimos a Santa Fe en nuestras últimas vacaciones. Visitamos una tienda de artesanía de los indios Hopi que vendía esos atrapasueños —Hice un gesto hacia los objetos parecidos a redes en las ventanas—. Se supone que deben captar tus malos sueños cuando entran a tu casa y dejar entrar los buenos. Es una linda idea.

—Alice me dio uno para mi habitación —dijo Ty, frotando intensamente a uno de los perros detrás de la oreja—. Parece que funciona —sonrió—. Hace tiempo que no tengo un mal sueño.

Alice regresó con té helado, fruta y galletas de granola. Devoramos todo lo que trajo y trabajamos en la recarga mientras Alice hurgaba en un escritorio grande y antiguo con tapa enrollable. Regresó con un sobre manila.

—Hay mucha historia aquí en la isla. Algún día voy a escribir un libro —Alice rebuscó un poco más—. Naufragios, faros, servicios de salvamento, *bootlegging*, tráfico de drogas, terrorismo e incluso secuestros —Sonaba como Doc.

—¿Qué es *bootlegging*? —pregunté.

—Bueno, en la década de 1920, la venta de bebidas alcohólicas era ilegal, por lo que se contrabandeaba licor desde Europa. Era un negocio enorme, porque la gente pagaba mucho por esas cosas, principalmente porque no te mataba como la porquería que hacían en fábricas clandestinas de aquí, que se elaboraba a partir de todo tipo de sustancias químicas venenosas, como alcohol de madera. El contrabando desde Europa se conoció como *bootlegging*. Una forma de contrabando muy específica. ¡Lo que la gente no haría por dinero!

—¿Dónde está ese artículo? —Alice continuó su búsqueda y nos dio una lección de historia—. ¿Sabían que durante la Segunda Guerra Mundial, los jefes de estado incluso se reunían en barcos de guerra para planificar la estrategia en alta mar? ¡Ah! ¡Aquí está! —Alice se puso de pie—. ¿Me crees cuando digo que he visto este fantasma? —Sus ojos parecieron perforar mi cerebro, buscando mi respuesta.

—Supongo que sí. Es por eso que estoy aquí. Pero, ¿creer más allá de toda duda? No lo sé, señora DeLea. No tengo ninguna experiencia con fantasmas. El hecho de que tanto Ty como usted la hayan visto hace que parezca más real. Y seguro que me gustaría verla.

—¿Por qué? —quiso saber.

—¿Por qué? —repetí, tratando de darle algún tipo de respuesta inteligente—. Los fantasmas son algo fascinante. Si existen, ¿qué pasaría si pudieras hablar con ellos? Imagínese las cosas que podrían decirle.

—Algunos son malvados —disparó.

—Pero no la Madonna Fantasma, ¿es mala? —Esto me estaba poniendo muy incómoda.

Ty sintió mi incomodidad y explicó:

—Alice se toma el mundo de los espíritus muy en serio.

—¿Qué harías con la experiencia de ver un fantasma? —continuó Alice con su interrogatorio.

—No sé. No lo he pensado bien. Yo... creo que podría cambiar mi visión de los fantasmas de alguna manera. No puedo responder a sus preguntas hasta que vea uno. ¿Puedo? —Estaba empezando a pensar que esto era una mala idea. Estaba a punto de salir educadamente cuando Alice, tomando una decisión, respondió.

—Me gusta que seas honesta conmigo, Annie.

Dicho esto, abrió el sobre manila. En el interior había recortes de periódico cuidadosamente recortados, de una antigüedad considerable. También había fotocopias y copias de películas antiguas llamadas microfichas. Así era como se almacenaban los datos.

—He estado investigando algo sobre nuestro fantasma. De hecho, conozco al archivero de la Sociedad Histórica de Long Island. Me ha ayudado a acumular mucho material sobre M. G., como me gusta llamar a nuestra dama triste.

"Eso es inquietante", pensé. "Ella llama a su fantasma por sus iniciales y yo hago lo mismo con mi tía".

—Doc nos habló de ella ayer —dije—. Al menos ella era una persona real.

Alice asintió.

—La he estado viendo regularmente durante los últimos dos años. Al principio pensé que la figura que estaba viendo era la de un bañista nocturno. Suelo salir a las dunas a meditar por la noche. El sonido de las olas y la visión de las estrellas en las noches sin luna me ayudan a aislarme del mundo.

—¿Qué te hizo pensar que el bañista era realmente un fantasma? —pregunté, pensando que era más probable que fuera un bañista y no un fantasma.

—Pensé que era un bañista. Sin embargo, una noche la llamé para advertirle de una fuerte resaca. Ella no me respondió y corrí tras ella. Justo cuando casi estaba sobre ella, desapareció.

—¿Cómo supiste que era ella? —insistí—. ¿Cómo era el fantasma?

Intenté imaginar un fantasma. Todo lo que se me ocurrió fue una forma transparente y vaporosa.

—Pensé que era ella por la túnica larga que llevaba la figura y la forma en que caminaba. Parecía una persona real, excepto que había un leve brillo sobre ella. No sabía qué creer acerca de eso.

—Ella siempre me pareció así —añadió Ty—. Y siempre desaparece en el mismo lugar. Es muy curioso —Ty levantó la vista para encontrarse con la mirada de Alice, mientras ambos reflexionaban sobre este misterio.

—¿Vieron juntos al fantasma la primera vez? —pregunté.

—No. Ty se encontró conmigo un día, buscando en el lugar donde la había visto desaparecer. Me preguntó qué estaba haciendo. Algo en su aspecto me hizo decirle la verdad.

—Cuando le conté a Alice mi experiencia con el, digamos, bañista, nos convencimos de que teníamos un fantasma real —añadió Ty—. La noche siguiente la esperamos juntos.

—La hemos visto tres veces mientras estábamos juntos. Es difícil para nosotros no pensar que ella es auténtica —Alice dijo esto con convicción.

—¿Intentaste hablar con ella? —pregunté.

—¡Por supuesto! Ella simplemente sigue deslizándose sin respuesta. No quiero acercarme directamente a ella. Eso sería peligroso tanto para mí como para el fantasma —El conocimiento de Alice sobre los fantasmas me fascinó. Me senté en el borde de mi silla, esperando la siguiente revelación.

Alice continuó:

—Que yo sepa, no ha habido ningún avistamiento de la Madonna Fantasma desde que unos parapsicólogos vinieron a estudiarla hace algunos años. Los lugareños dicen: "Esos universitarios ahuyentaron al diablo con toda su parafernalia".

—Entonces, ¿Ty y usted son los únicos que la han visto desde entonces? —calculé rápidamente en mi cabeza—. Eso fue hace cuarenta años. Los miré a ambos.

—Nadie ha admitido haberla visto —respondió Ty.

—Tal vez no creen que lo que están viendo sea un fantasma —dije—. ¿Cómo sabes que se trata de un fantasma?

—Ella es un fantasma, ¡y basta! —declaró Alice—. Si la vieras, lo sabrías tú misma —Alice volvió al contenido del sobre en su regazo.

—Quiero que leas este relato de un avistamiento de M. G. de los años veinte. Da una buena descripción de ella.

Revisé el artículo fechado el 12 de julio de 1927 del *Babylon Beacon*, hasta que llegué al relato del testigo ocular.

Garth Verity, un miembro del equipo de rescate de Isla del Fuego, estaba patrullando la noche del 10 de julio, cuando hizo lo que, según él, fue un avistamiento de fantasmas. El Sr. Verity dio la siguiente descripción de la aparición conocida por los habitantes de Isla del Fuego como la Madonna Fantasma.

"Ella salió directamente del oleaje. Me asusté casi hasta la muerte. Corrí hacia ella, pensando que debía haberse caído de un barco. Que yo sepa, no había nadie nadando en la zona. Aquella noche el oleaje era muy fuerte. Sabía que ella tampoco era nadadora, porque llevaba un vestido largo y agarraba un bulto. No sé cómo logró atravesar las olas con ese atuendo. Pero lo más curioso era ese extraño tipo de luz que parecía hacerla brillar.

"De todos modos, escuché un llanto y me enojé mucho. Pensé que el bulto debía de ser un niño. Cuando me acerqué a ella, simplemente desapareció. Busqué por todas partes, incluso tocando a las puertas de la gente. Nadie la vio jamás. Fue lo más extraño que me pasó en la playa".

El artículo continuaba diciendo que habían estado sucediendo muchos sucesos extraños desde la aprobación de la Prohibición. Tan pronto como la venta de bebidas alcohólicas se volvió ilegal en los Estados Unidos, hubo mucho contrabando desde barcos de alta mar hacia Isla del Fuego.

Levanté la vista del periódico y Alice, que me había estado observando atentamente, dijo:

66

—Es una descripción perfecta de lo que vi.

En ese momento, Ty dijo enfáticamente:

—No sólo eso, sino que Alice y yo hemos notado que hay otra extraña coincidencia. Siempre que vemos a M. G. es luna nueva, cuando la cantidad de luz natural es mínima.

—Sí —interrumpió Alice—. ¡Y el 10 de julio hubo luna nueva! Lo busqué en el almanaque.

—Annie —dijo Ty en voz baja, tocando mi rodilla—, hay luna nueva esta noche.

Miré de Ty a Alice. La emoción de la expectativa vibró a través de todos nosotros.

—Entonces nos vemos en las dunas. A medianoche —dijo Alice, cerrando el sobre en su regazo—. Podrás juzgar por ti misma, Annie. ¿Es un fantasma o no?

Capítulo 6

Los vecinos

—No tienes que hacer esto si no quieres, Annie, si esto te asusta o algo así —Ty parecía ansioso mientras nos alejábamos de la casa de Alice.

—No es exactamente miedo lo que tengo—dije, tratando de ponerle un nombre a mis sentimientos—. Simplemente no pensé que esto fuera a ser tan serio. Pensé que sería divertido ver un fantasma. ¿Tú cómo te sentiste cuando la viste, Ty? ¿Fue divertido? ¿Da miedo, o qué?

—Fue confuso. Al principio no sabía que era un fantasma. Alice fue quien me abrió esa posibilidad.

—Y tú le creíste —dije, medio para mis adentros. Ty guardó silencio. Finalmente me decidí—: Supongo que tengo que verlo por mí misma —Miré a Ty y le ofrecí la mano—. Entonces, hagamos un pacto: quiero ver a M. G.

Nos dimos la mano solemnemente y luego nos reímos. El sol brillante y la playa no nos permitieron estar serios por mucho tiempo.

—Tengo que hacer algunos recados para Doc —Ty contempló el horizonte perfecto para el verano y parecía tan reacio como yo a que el día terminara.

—Y yo quiero ver qué está haciendo J —agregué. Me asaltó un pensamiento inquietante—. Me pregunto cómo se sentirá J si hago una observación de fantasmas a medianoche.

—Seguramente más o menos lo mismo que Doc. Me sigue la corriente, pero no parece darle demasiada importancia a la idea de los fantasmas.

—Santo cielo. ¿Y si quiere venir con nosotros?

Empecé a reírme al imaginarme a J, la detective lógica por excelencia, lidiando con nuestro fantasma. Las risas se convirtieron en carcajadas. Ty me miró con una mezcla de curiosidad y diversión.

—¿Qué tiene de divertido? —preguntó finalmente.

Mientras recuperaba el aliento, dije:

—Me estaba imaginando a J tratando de interrogar al fantasma. El fantasma la ignora. Ella intenta arrestar al fantasma. ¿Cómo se informa de sus derechos cuando se arresta a un fantasma? El fantasma desaparece. Ella emite una orden de detención contra M. G.

Ty sonrió ante la imagen.

—Ella y Doc forman una buena pareja. Mucha lógica y poco romance.

—No sé nada de eso —reflexioné—. Me gustaría pensar que hay mucho fuego ahí. Basta con mirar las vidas emocionantes que han vivido.

Finalmente, con un alegre saludo que hizo que mi corazón diera un pequeño vuelco, Ty se encaminó a la playa para ir al puerto deportivo, y yo regresé a *Windalee* en el paseo marítimo. Era mucho más rápido que caminar por la playa. Pronto comencé a reconocer las casas cercanas a *Windalee*.

"¿Cuál será la reacción de J ante mi observación de fantasmas?", me pregunté mientras cubría rápidamente la distancia. Por alguna razón pensé en mi padre, tratando de imaginar cuál podría ser su reacción. Probablemente no me dejaría ir. Demasiado peligroso. Demasiado tarde por la noche. También…

—¡Ay!— grité. Estaba tan perdida en mis especulaciones que no me di cuenta de la bicicleta que estaba tirada en medio del paseo marítimo. Gimiendo débilmente y agarrándome el tobillo, me senté en las tablas del paseo, parpadeando para contener las lágrimas de dolor. A medida que el dolor disminuyó, evalué el daño. Tuve que quitarme la camiseta y arrancarle un trozo para detener el sangrado del corte. También apareció un gran hematoma.

A continuación, inspeccioné la bicicleta. Me caí sobre la rueda delantera y doblé varios radios. Maldita sea, pensé. Ahora tengo que decirle a la gente de la casa que les rompí la bicicleta. Me gustaría decirles lo estúpidos que son por dejarla tirada en medio del camino. Me levanté y probé a apoyar el pie. El tobillo parecía estar bien. Doloroso, pero caminaba de manera pasable. Pasé cojeando junto a la bicicleta y me dirigí hacia la puerta para explicar lo sucedido. Era evidente que la gente estaba en casa, ya que podía ver el interior a través de la puerta mosquitera.

Para mi sorpresa, esta era la casa de los vecinos, la que había visto la primera noche, al otro lado de las dunas de *Windalee*. Yo estaba, ahora, del otro lado. Me detuve en el porche delantero, preguntándome si debía sacar la bicicleta del camino. Se oyeron voces desde el interior de la casa. Escuché, intentando juzgar a qué tipo de personas tendría que enfrentarme. Evoqué los rostros de los hombres que había visto esa primera noche. Oí a dos hombres discutiendo. Una tercera voz sonó como la de un árbitro.

—Tengo que tener esa información— dijo una voz.

—Le dirán lo que necesita saber— fue la respuesta.

—Será mejor que ustedes dos se calmen— intervino Número Tres.

Algo cayó al suelo. Me volví para salir del porche. No parecía el momento adecuado para hablarles de la bicicleta. Podría volver más tarde.

—Necesitamos saber quién es este contacto. No me gusta que estos tipos…

La conversación se interrumpió, pero ya me había detenido en seco ante esa palabra otra vez: "contacto"; ahí estaba de nuevo. Se me erizaron los pelos de la espalda quemada por el sol.

—¡Ey! ¿Quién eres? ¿Qué estás haciendo aquí?

Uno de los hombres había llegado desde la parte trasera de la casa. Sorprendida, casi salté fuera de mi piel. Solté:

—Rompí su bicicleta. Algún idiota la dejó en el camino y tropecé con ella. Sólo estaba tratando de hacérselo saber a alguien en la casa.

El hombre avanzaba hacia mí. Seguí retrocediendo. Al principio me había sorprendido; ahora me estaba asustando. Era grande y moreno, y su ceño fruncido lo hacía parecer una nube de tormenta que se acercaba. Estaba enojado.

Retrocedí hasta golpear contra la barandilla del porche, lo que me dolió. Este tipo me tenía atrapada. El pánico hizo que mis rodillas se pusieran de goma y el instinto se hizo cargo. Me lancé hacia él, gritando a todo pulmón:

—¡Apártate de mi camino! No puedes hablarme de esa manera. Haré que te arresten por amenazar a una menor.

Esas fueron las primeras cosas que se me ocurrieron. Y funcionó. Al pasar corriendo junto al asombrado hombre, le dije por encima del hombro:

—¡No dejes tu estúpida bicicleta en el camino, abusador! Casi me rompo la pierna. Voy a enviarte la factura del médico.

Seguí adelante, temblando. Me dolía la pierna. Mi corazón latía con fuerza y lloraba como un bebé cuando llegué a *Windalee*. Por suerte, no había nadie para presenciarlo. Intenté recomponerme, mojándome la pierna con la manguera del jardín. Después de arreglarme para quedar lo más presentable posible, entré a la casa y me dirigí a la habitación de J.

La casa estaba en silencio. La habitación de J estaba vacía. Había una nota en su cama. La habitación estaba tan limpia como un alfiler. Leí la nota; mi corazón se deslizó por mis entrañas hasta mis pies.

Querida Annie,

Lo siento mucho. Me llamaron de regreso a la ciudad. Doc dijo que puedes dormir en la habitación libre de su casa si no te sientes cómoda aquí. Debería regresar en unos días. Te amo, pequeña Annie.

J

PD Llamó tu papá. Llámalo, por favor.

Me senté en la cama. Las lágrimas brotaban sin que yo intentara controlarlas. La decepción me sofocó. ¡Tenía tantas ganas de que J estuviera aquí! Quise que, aunque fuera una sola vez, no tuviera trabajo. En este momento la necesitaba aquí para escuchar mi historia sobre los vecinos. Siempre podría llamar al teniente Red. Él podría ponerme en contacto con J. Pero yo sabía que no era posible: estaría cumpliendo una misión y no habría forma de hablar con ella directamente. Esto no era una emergencia.

Y encima de todo, tenía que llamar a papá. Fui al baño a darme una ducha fría, esperando que eso ayudara a aclarar mis pensamientos. Sonó el teléfono. Oh Dios. "¿Ahora qué?", pensé.

—Hola. Ah, hola, papá —Reprimí el impulso de simplemente colgar.

—¿No recibiste mi mensaje, Annie? —llegó la voz familiar del otro lado de la línea.

—Acabo de llegar papá. Se supone que debo estar divirtiéndome bajo el sol aquí, no sentada frente al teléfono —respondí bruscamente.

—Mamá está mucho mejor y ha estado preguntando por ti.

"Caramba, ella recuerda quién soy. ¡Un punto a su favor!", pensé.

—Me alegra oír eso, papá. ¿Para qué me llamas?

—Annie, porque te amo y soy tu padre. Estoy cansado de pedirte disculpas por mi trabajo, por mamá. Las cosas son así. Si pudieras aceptarlo tal vez podrías llegar a afrontarlas mejor. No me gusta que me trates como basura cada vez que llamo.

Me mordí el labio, escuchando el dolor en su voz. Podría entender su dolor.

—No tener a tus padres cerca cuando los necesitas, papá, también me hace sentir como basura —respondí en voz baja.

—Annie, es por eso que estoy hablando por teléfono, estoy tratando de estar ahí tanto como puedo.

—¿Dónde estás ahora, papá?

—Estoy en el aeropuerto Kennedy. Tomo el vuelo 609 de Delta a las 5 de la tarde. Quería asegurarme de que estás bien antes de irme.

Podía sentir las lágrimas atravesando la puerta de hierro de mi voluntad que había construido para contenerlas. Quería decirle lo asustada que había estado, cómo me dolía la pierna, lo estúpida que me sentía. J se había ido. Él se estaba yendo. La vieja soledad era como un vacío, absorbiendo todas mis fuerzas.

—Bueno, papá, que tengas un buen viaje; hablaré contigo cuando vuelvas a casa —logré decir, casi ahogándome con la palabra "casa".

—¿Llamarás a mamá?

—No, papá. Aún no. No puedo. Es así.

—Está bien, Annie —se escuchó un suspiro de resignación al otro lado de la línea—. Te amo. Cuídate.

—Sí. Adiós, papá.

Colgué y me senté allí sollozando, tratando de no desear que mis padres murieran o simplemente desaparecieran.

La ducha eliminó parte del dolor junto con la sal y la arena. Me vestí y me sequé el pelo. Era hora de buscar a Doc o a Ty para ver si podía conseguir algo de primeros auxilios para mi pierna.

Como si lo hubiera convocado, una voz gritó:

—¡Oye! ¿Puedo entrar? Tengo limonada fresca —dijo Ty alegre y muy bienvenido.

Mi ánimo se levantó al verlo, recién duchada y vestida con ropa limpia. Ty iba a dejar la jarra de limonada sobre la mesa, pero se detuvo en el aire.

—¿Qué te pasó, Annie? —preguntó mirándome de arriba abajo. La preocupación llenó su rostro, mientras sus ojos buscaban los míos. No se perdió los ojos rojos e hinchados.

—Me caí sobre una bicicleta que alguien dejó en el malecón. Me hice un corte bastante grande y... —Dejé de intentar controlar las lágrimas—. Lo lamento. Estoy molesta. No es sólo la pierna. Cuando traté de decirle a la gente de la casa que rompí la bicicleta al caerme, uno de los hombres se puso muy desagradable.

—Desagradable, ¿cómo? —quiso saber Ty.

—Se me vino encima. Yo estaba en el porche y él se me acercó por detrás. Logré pasar corriendo junto a él. Es la casa al otro lado de las dunas. La que es parecida a esta.

—Sí. Los tipos antipáticos de los que hablamos anoche. ¿Y te hablaron en inglés? —Ty me miró con interés.

—Sí. Alto y claro. Estaba temblando cuando llegué aquí. Y ahora J se ha ido. Supongo que todo me cayó encima —resoplé, sonándome la nariz con fuerza.

—Antes de que lo olvide, hubo una llamada telefónica de tu papá. Vi el mensaje en el bloc.

Ty me miró expectante.

—Ya me ocupé de eso —respondí rotundamente.

—Bueno, vamos a curarte la herida de la pierna. Puedo practicar mis habilidades de Boy Scout —Ty me llevó a través del patio hasta la cocina.

—Uh, ¿volveré a caminar alguna vez? —bromeé.

—Nunca insulte al médico, jovencita —me amonestó Ty mientras me alzaba y me sentaba en el mostrador. Revisando algunos cajones, encontró peróxido, crema de primeros auxilios y tiritas gigantes. Con unos cuantos toques ardientes, me desinfectó y me vendó.

—Gracias —dije sonándome la nariz de nuevo.

—¿Alguna otra cosa, señora? —bromeó con una reverencia exagerada. Sus ojos, sin embargo, no bromeaban. Me miró directamente a los ojos, insistiendo suavemente en una respuesta.

—Es solo que... desearía... no me llevo bien con mis padres, Ty —solté finalmente—. Esa llamada de mi padre también me molestó. Mi mamá está en el hospital y quiere que la llame. Él está en viaje a Inglaterra. No está mucho en casa —Sentí que el resentimiento aumentaba.

—Espero que no sea nada grave lo de tu mamá —Ty expresó preocupación.

—Oh, es serio. Pero también es crónico. Estoy acostumbrada a que ella esté mucho en el hospital.

—Entonces deberás visitarla mucho —dijo Ty.

Tragué fuerte y respiré profundamente. Había llegado tan lejos. También podría llegar hasta el final. Sería un alivio contárselo a alguien.

—Está en rehabilitación de alcoholismo, Ty. Tiene un grave problema con la bebida. Está bien durante un tiempo y luego hay una crisis y tiene que volver a rehabilitación. Es miembro fundador de la Clínica Betty Ford. Debería estar acostumbrada, pero de alguna manera nunca me he acostumbrado —Me reí, sintiendo aún más mi amargura ahora que se había contado la historia. Cruzándome de brazos, me di la vuelta, avergonzada.

—¿Qué fue lo que te molestó más de lo habitual? —preguntó Ty.

—No me atrevo a hablar con ella. No puedo evitar pensar que ella podría dejar la bebida si realmente quisiera —Me toqué la pierna vendada y me pregunté, por enésima vez, por qué papá y yo no éramos motivo suficiente para que mamá dejara de beber.

Ty se subió al mostrador a mi lado y me rodeó con el brazo.

—Has tenido un día difícil, Annie. Lo lamento.

Su brazo estaba tibio. Apoyé mi cabeza en su hombro y luego, sin previo aviso, comencé a llorar inconteniblemente. Me rodeó con ambos brazos y nos mecimos juntos hasta que las lágrimas dejaron de fluir.

—¿Te sientes mejor? —dijo, tomando mi barbilla en su mano. Asentí—. Entonces ve a lavarte la cara y cenemos algo. El mundo estará mejor cuando hayas comido un poco de chile Isla del Fuego.

—Me encanta el chile. ¿Ya vamos a comer? ¿Dónde está Doc? —pregunté, controlando mis lágrimas.

—Doc se fue a Bay Shore esta noche. Estamos solos y te invitaré a cenar. A menos que tengas otra cita, claro.

—Sí. Debo llamar a los otros cinco hombres que se han estado paseando afuera de mi puerta y decirles que se vayan. Después de todo, eres el único admirador mío que conoce a un fantasma.

Capítulo 7

El fantasma aparece

—Caramba, ese chile estaba picante, Ty. Todavía me arden los labios —Íbamos en una pequeña lancha a motor conocida como "taxi acuático", que lleva a las personas de una comunidad a otra de la isla.

Después de dar cuenta de nuestros platos de chile en un pequeño café en Ocean Beach, miramos la puesta de sol y decidimos regresar a Point-O-Woods, donde nos encontraríamos con Alice a las 11 en punto para prepararnos para nuestra observación de fantasmas.

—¿Cómo te preparas para una vigilancia de fantasmas, Ty? — pregunté, apoyándome cómodamente contra él mientras navegábamos por la orilla hasta el pequeño amarre donde estaba el barco de Doc.

—Alice querrá que limpies tu mente para que estés abierta al mundo de los espíritus —respondió Ty.

—¿Cómo haces eso? —Lo miré y noté lo espesas y oscuras que eran sus pestañas, cómo sus cejas se juntaban mientras entrecerraba los ojos atisbando a lo lejos.

—No lo sé, Annie. Yo dejo que Alice divague y veo al fantasma igual que ella. Quizás a este fantasma le gusten las mentes sin limpiar —dijo.

Me preguntaba si Ty alguna vez me diría algo sobre sus padres. Al principio yo no había querido hablar con él sobre mis padres. Pero ahora que él sabía sobre ellos, quería hablar. Aquí estaba alguien de mi edad que tenía el mismo tipo de experiencias que yo. Pero no podía contarle lo que J me había revelado. Sólo tenía que jugar al juego de la espera y ver qué pasaba.

El taxi acuático nos dejó en el muelle de Point-O-Woods. Ty revisó el *Star*, tirando de una cuerda aquí y otra allá para asegurarse de que todo estaba bien. Eran las 10 de la noche, lo que nos daba tiempo suficiente para detenernos en *Windalee* de camino a casa de Alice.

—Será mejor que lleves un abrigo. Hace frío en la playa por la noche y veo que ya se está formando niebla. Voy a revisar los mensajes telefónicos y, como no habrá nadie en casa, quiero cerrar con llave, especialmente tu parte de la casa. No tiene sentido correr riesgos.

—¿Alguna razón para tanta precaución? —pregunté.

—No sé. Nunca se es demasiado cuidadoso —me sonrió.

Ocuparse de esos asuntos tomó unos minutos. Luego nos encaminamos por el paseo marítimo hacia la casa de Alice. Fue un encantador paseo nocturno. Pequeñas luces tenues iluminaban intermitentemente el camino. En algunos lugares, los árboles que crecían a lo largo del camino formaban un túnel frondoso. Mientras caminábamos, el ruido de los insectos se acallaba a nuestro paso, sólo para reanudar cuando nos alejábamos.

—La siguiente es la casa de tu horrible vecino, ¿verdad? —Me alegré de que Ty estuviera a mi lado.

—Parece oscuro y cerrado —observó Ty. Sólo las luces del camino brillaban alrededor de la casita.

Habiendo aprendido la lección esta tarde, miraba el paseo marítimo mientras avanzábamos. Algo brilló en la luz. Al principio pensé que era humedad, pero entonces, ¿por qué justo aquí? Seguí mirando mientras pasábamos; el pequeño brillo se hizo discernible como un objeto metálico. Curiosa, me agaché para verlo más claramente.

—¿Qué estás haciendo, buscando motivos para demandar a estos tipos? —bromeó Ty.

—No, hay una joya atrapada en la grieta entre las tablas de aquí —dije, haciendo palanca con una moneda que había sacado de mi bolsillo. Cuando el objeto finalmente se soltó, lo levanté hacia la luz. Mi corazón se detuvo.

—¡Dios mío, es uno de los aretes de J!

Estaba sorprendida. Lenta pero implacablemente, un miedo frío se apoderó de mí. J podría haber caminado hasta aquí ayer y haber perdido el arete. Sólo porque estaba aquí, frente a la casa del vecino desagradable, no significaba nada terrible, pero aun así, no podía librarme de un sentimiento de pavor.

—¿Estás segura? —preguntó Ty, mirando por encima de mi hombro—. ¿No podría ser uno similar?

—¡No! Fueron un regalo especial de sus amigos de la policía. ¿Ves la pequeña J dibujada con diamantes?

—Debe haberlo perdido aquí ayer —Ty se encogió de hombros—. Parece que ya has visto un fantasma —añadió—. ¿Todavía quieres ir a observar fantasmas?

—Sí, estoy segura de que está bien. Ella volvió a la ciudad —dije, sacudiéndome el frío—. Me alegro de haberlo encontrado.

Continuamos el camino hacia la casa de Alice. Decidí llamar a la ciudad mañana para ver cómo estaba J. A veces no podía contactarla directamente, pero al menos podía averiguar si estaba a salvo.

La casa de Alice estaba agazapada entre las dunas, una estructura oscura y achaparrada. La casa parecía apagada, inusualmente oscura para un hogar que esperaba invitados. A medida que nos acercábamos, un resplandor amarillento pareció tomar forma en las ventanas.

El color dorado era generado por numerosas llamas diminutas. Velas, por supuesto. ¿Qué mejor manera de prepararse para el avistamiento de un fantasma?

—Alice ha hecho todo lo posible por ti, Annie —sonrió Ty —. Incluso si no vemos a M. G. esta noche, será toda una experiencia.

Alice nos recibió en la puerta vestida con un buzo deportivo gris. Me preguntaba si ese era su atuendo de cazafantasmas.

—Antes de ir a las dunas, me gustaría que aprendieras todo lo que puedas sobre M. G., Annie. Podría ayudarte a sintonizarte con su espíritu, por así decirlo. He recopilado una buena cantidad de datos históricos documentados, así como algunos relatos personales, más anecdóticos. Los he encontrado en los archivos de los periódicos locales.

—Sí, eso me interesaría mucho, Alice. Gracias.

—Yo entraré e intentaré apagar todas las velas una por una. ¿Está bien, Alice? —bromeó Ty.

—Igor e Iván necesitan caminar, si no te importa— respondió Alice.

—Esos son los perros— susurró Ty y se fue a buscar a las nobles bestias.

Alice tenía una pequeña oficina en la parte trasera de la casa, que estaba bien iluminada y tenía el aspecto de un lugar de trabajo. Me indicó una silla. Me senté ante el escritorio. Ante mí había dos sobres manila, uno marcado "hist" y el otro "pers".

Recogí el "hist" y comencé a hojear los materiales con cuidado. Era el mismo tipo de cosas que había visto en el sobre manila en mi primera visita. Añadieron muy poco a lo que ya sabía, hasta el último artículo, el más reciente, titulado "Esposo afligido exhuma los cuerpos de su esposa y su hijo". El artículo daba nombre a M. G., a su marido y a su bebé.

Jan Van Thaden ha exhumado los restos de su amada esposa e hija, Anna y la bebé Miep. Trasladó su negocio pesquero de Sayville a la isla, afirmando que sentía que Anna podría descansar allí más fácilmente.

El artículo continúa relatando los detalles de la tragedia.

—Alice, ¿alguien sabe dónde están las tumbas reales? — Esta parecía ser una información clave—. ¿Es más probable que se vean fantasmas en las proximidades de las tumbas?

No podía creer que estuviera haciendo esa pregunta. Todavía no estaba segura de creer en fantasmas. La idea de ellos captaba mi imaginación, pero mi lado práctico rechazaba la idea. Mi sentido del ridículo intentó lidiar con la idea de que todos estos espíritus habitaran un mundo ya superpoblado. ¿Quién sabe? Quizás ese asiento vacío en el metro que solía tomar ya estaba ocupado por alguien del mundo de los espíritus.

—Hay un factor que complica la historia, Annie. Durante la década de 1920, cuando el contrabando de bebidas alcohólicas a través de Isla del Fuego era tan activo como cualquier negocio legítimo, se cavaron muchos túneles para evitar la detección. En mi investigación, descubrí que la tumba probablemente fue destruida. Jan Von Thaden, por supuesto, murió mucho antes de los años veinte. No tuvo herederos, nadie compró su negocio. Sus posesiones cayeron a la ruina. Nadie cuido la tumba. Originalmente estaba marcada por una pequeña lápida. Puede que todavía esté aquí en la isla. Busqué en las zonas donde podría haber estado, pero no encontré nada. La posibilidad más clara es que la tumba haya sido destruida por excavadores de túneles. No he podido encontrar ningún documento que indique su ubicación original.

—Qué triste —suspiré—. Pero aun así, la tumba estaba aquí en la isla.

—Sigue leyendo, Annie. Se hace tarde —apremió Alice.

Todos los registros anecdóticos daban informes similares. Un gemido bajo vino desde arriba de nosotros, haciendo que mis pequeños pelos se erizaran. Alice y yo nos miramos fijamente, y el contenido de las carpetas se deslizó al suelo.

Alice se puso de pie de un salto, con una expresión decidida en su rostro.

—Ty —gritó—. Serás responsable de que se me caiga el cabello. ¡Ya está gris!

Ty entró en la habitación envuelto en una de las coloridas mantas de Alice, con una toalla en forma de turbante alrededor de su cabeza.

—Huelo un fantasma en la zona —declaró con voz vacilante y en falsete, los ojos cerrados y los brazos temblando.

—Los fantasmas no huelen, payaso tonto. Nos diste un susto de muerte.

—Ty, esos colores van perfectamente contigo—dije con un guiño íntimo y burlón. No pude evitar reírme y pronto Alice se unió.

—Bueno, chicos —dijo finalmente—, es hora. Voy a subir un rato a hacer algunos ejercicios de respiración profunda. Puedes unirte a mí si quieres. Ayuda a estar relajado —Con esto, Alice entró al cuarto de las velas.

Ty y yo nos miramos y nos encogimos de hombros.

—Para mí te ves bastante limpia —dijo Ty, frotándose a sí mismo—. ¿Cómo me veo? ¿Paso?

—Sí —sonreí ampliamente, pensando: "Pasas y algo más". Superé la abrumadora necesidad de acercarme y besarlo.

Ty me agarró la mano y, mientras nos dirigíamos hacia la puerta, gritó detrás de nosotros:

—Nos vemos en las dunas, Alice. El último es un cadáver podrido.

Uf, pensé.

—Sí, ya sé. Debería guardar bromas como esa para Halloween —Ty se encogió de hombros y me condujo a la puerta. No había luna; las dunas parecían oscuras y sombrías. La mayoría de las luces de las casas vecinas ya estaban apagadas, lo que realzaba la sensación de soledad y prohibición. Las olas sonaban y retumbaban en la distancia, aparentando más cercanía debido a la niebla cada vez más espesa. La rompiente apenas era perceptible desde allí.

Ty me condujo a una depresión entre dos dunas. Extendimos la manta que Ty se había apropiado como disfraz y nos dispusimos a esperar. Alice llegó poco después y tratamos de estar lo más cómodos posible.

—Probablemente sea más eficiente si nos turnamos para observar las olas para ver si nuestro fantasma emerge —sugirió

Alice, acurrucándose en nuestro pequeño hueco. Yo haré la primera guardia—declaró—. Cuando me canse, uno de ustedes puede hacerse cargo.

Alice tomó nuestro silencio como aprobación. Instalándome lo mejor que pude en ese lugar húmedo, miré hacia arriba. A medida que las volutas de niebla pasaban, se podía vislumbrar ocasionalmente el cielo sin luna.

—¡Miren todas esas estrellas! —exclamé en un fuerte susurro. Luego, tapándome la boca con la mano, miré tímidamente a mis dos compañeros—. Lo siento —Me perdí en el misterio de la playa, el efecto suavizante de la niebla sobre el paisaje, el sonido hipnótico del oleaje, las estrellas esquivas. Pero, sobre todo, la anticipación de que un fantasma se materializara en cualquier momento. A mi lado, Ty también parecía perdido en este mundo vaporoso.

Al poco tiempo, el oleaje y la niebla ejercieron su hechizo sobre mí. Me encontré con los párpados caídos y, antes de darme cuenta, me desperté sobresaltada por un agarre frío y duro en mi brazo.

—Shhhh —llegó la advertencia en mi oído.

Desperté al instante y volví la mirada en la dirección que Ty señalaba con la otra mano. Vi una forma brillante y nebulosa moviéndose a lo largo de la línea de la rompiente. La forma aparecía y desaparecía de la niebla.

—¿Qué es? —susurré directamente al oído de Ty.

Su respuesta fue taparme la boca con una mano suave pero firme. Por la tensión en sus manos, supe que la forma brillante era nuestro fantasma. Alice también estaba fija en su lugar, su rostro congelado en concentración.

La figura comenzó a alejarse de la línea de la rompiente, dirigiéndose hacia nosotros. Respirar no parecía ser una opción. Sentía una creciente necesidad de correr. Ty apretó más su agarre, nuestros ojos clavados en la figura que se acercaba.

A medida que se acercaba, la forma adquirió rasgos más nítidos. Era una figura cubierta por un manto o sudario marrón que envolvía completamente su cuerpo. No se veía rostro, manos ni pies. Al principio pensé que el fantasma llevaba una linterna, pero el brillo provenía de algún lugar del interior. Parecía estar sosteniendo algo contra su cuerpo.

Me recordó a esas lámparas de noche de plástico de la Estatua de la Libertad que tienen una bombilla en su interior. El fantasma pasó a unos veinte metros de nosotros y se dirigió hacia el interior.

Alice no perdió el tiempo y comenzó a seguirla, teniendo cuidado de permanecer en silencio. Ty me arrastró con él, tras Alice.

Mis piernas temblaron. Una se había dormido. La otra deseaba que estuviera dormida y que su dueña estuviera igual: en casa y en la cama.

Nuestra presa se estaba hundiendo en la niebla. Nos estaba costando mantener el ritmo. El fantasma llegó al malecón y empezó a caminar por uno de los carriles. "La estamos perdiendo", pensé, presa del pánico. Alice parecía particularmente perturbada por la huida del fantasma. Aceleró más y saltó a la pasarela. No nos quedamos atrás.

Allí estaba ella, a unos cien metros delante de nosotros. Estábamos ganando terreno. No sabía si realmente quería alcanzarla.

De repente ya no estaba. Corrimos hasta el lugar donde había desaparecido. Ty se lanzó desde el camino hacia la maleza del jardín de una casa. Hice lo mismo del otro lado del camino. Alice parecía estar buscando en el camino algún rastro del ectoplasma de M. G. De eso se suponía que estaban hechos los fantasmas. Lo leí en alguna parte. Después de unos cinco minutos, nos rendimos y se pronunciaron las primeras palabras audibles.

—Este es el mismo lugar, ¿no es así, Ty? —jadeó Alice, sin aliento por su esfuerzo.

—Sí, lo hizo de nuevo. Al menos es consecuente — respondió Ty.

—¿Quizás nos acercamos demasiado? —sugerí sin convicción. Estaba temblando por todas partes—. ¿Cómo es que estás tan tranquilo? —me quejé—. Era un fantasma, ¿no?

Me sentí estúpida.

—¿No funcionan los fantasmas con algún tipo de energía? Quizás la suyo se agotó —agregué otro comentario útil.

—Bueno, no son exactamente baterías Eveready, Annie. Pero esa podría ser una posible explicación. Pero eso no explica por qué siempre va en esta dirección —explicó Ty.

—Annie, me gustaría volver a casa y comprobar la lista que Ty y yo hemos estado manteniendo sobre estos avistamientos —dijo Alice.

—Salgamos de esta humedad —dijo Ty—. Necesitamos calmarnos.

En casa de Alice, tomamos una bebida caliente para confortarnos. Finalmente dejé de temblar. Alice comenzó a repasar su lista de verificación.

—Ty, ¿notaste algo nuevo o diferente esta vez? —preguntó ella.

Ty se llevó las manos a la cara y pensó un rato.

—No, no se me ocurre nada —respondió, sacudiendo la cabeza.

—Annie, ¿qué viste? Intenta incluir cada detalle. Cosas que viste o cosas que hubieras esperado ver conociendo la historia de M. G. —Alice estaba revisando su lista.

Conté lo que vi. Ella gruñó asintiendo mientras revisaba su lista.

—Pero nunca vi al bebé —concluí—. Parecía estar agarrando algo, pero no puedo decir si era un bebé. Tenía eso en mente. Pensé que el bebé sería más obvio.

—Hmm, nunca pensé en eso —reflexionó Ty.

Alice cerró su cuaderno con un chasquido.

—Vamos a terminar la noche, chicos. Son las 2:30.

Ty colocó el abrigo sobre mis hombros mientras sofocaba un bostezo. Le dimos las buenas noches a Alice y nos dirigimos a *Windalee*.

Cuando llegamos a la cabaña, vimos luces por todas partes. Doc estaba en casa.

—Escucha, puedes usar la habitación libre de nuestro lado si tienes miedo de dormir aquí sola esta noche, Annie.

—No. Está bien. Estoy demasiado cansada como para tener miedo.

Miré a Ty para decirle buenas noches. Se volvió hacia mí y quedamos muy cerca, nariz con nariz, como dicen.

Podía sentir su aliento alborotando los pelos sueltos alrededor de mi cara. Sus ojos encontraron los míos, mientras deslizaba sus brazos alrededor de mí. Sus ojos se cerraron. Nuestras bocas se encontraron y nos perdimos en un inevitable beso. Un beso que había sentido venir todo el día. Fue un beso largo, que disipó la tensión que se había creado por no haber sucedido antes.

Por fin Ty se apartó y me miró a los ojos. "No me dejes ahora", pensé. Con eso, bajé su cabeza para besarlo nuevamente.

—Buenas noches, Annie —dijo. Su voz se quebró un poco —. Ven a desayunar por la mañana. Saldremos a navegar.

Me quedé allí, mirándolo irse, sintiendo que se había llevado mi interior con él y dejando un cansado caparazón de cuerpo aquí, en las escaleras de *Windalee*.

Capítulo 8

Un ladrón en el paraíso

Recorrí la casa apagando las luces. En el baño, me miré la cara en el espejo. ¿Cambió algo desde que aterricé en esta isla con su misterio y peligro y, bueno, sí, Ty? El mismo cabello castaño claro, tal vez ahora con un poco de mechones aclarados por el sol, los mismos ojos verdes. La nariz y los labios están en el mismo lugar, pero quemados por el sol. ¿Parecía un poco mayor, posiblemente más sofisticada? Me lavé los dientes, me desvestí y me fui a la cama.

Mirando al techo, traté de no dejar entrar ningún pensamiento. Seguí reviviendo ese beso. Mi cuerpo se sentía ligero e insustancial. Mi boca todavía podía sentir los labios de Ty; mis oídos podían escuchar su respiración. Pensé en sus manos, bronceadas y fuertes, pero tan suaves conmigo. "No puedo irme de aquí", pensé. "No quiero alejarme nunca de este lugar, ni de Ty, ni de la magia que estoy sintiendo". Me quedé dormida, apreciando ese primer beso.

El sueño se evaporó con el sol de la mañana, que entró a raudales en la habitación. Se suponía que hoy sucedería algo importante. Intenté aclarar mi cerebro confuso para recordar qué era. Ty, pensé. Empezaron a surgir imágenes: la Madonna Fantasma, el arete de J, Ty, el beso. Me froté los ojos. Recordando lo de anoche, abracé la almohada y traté de regresar a ese lugar. Merlín ladró y lo recordé. Quería comprobar si J estaba bien. Y Ty quería salir a navegar.

Me levanté de la cama y me duché. Mientras el agua caliente calmaba mi cuerpo, pensé en cómo comunicarme con J. Tendría que llamar a su oficina. Si ella no estuviera allí, tendría que comunicarme con la teniente Red. Un dedo helado de miedo apretó mis entrañas.

Hice la llamada. Respondió una secretaria.

—Hola Annie, tu tía no está en la oficina, querida.

—¿Está ahí el teniente Red, Millie? —pregunté.

—No, él tampoco, querida. Pero dejaré un mensaje. Dijo que revisaría sus mensajes alrededor del mediodía.

—No estaré aquí entonces. Intentaré llamarlo a esa hora. Adiós —La línea se cortó y volví a preocuparme.

Se oyó un golpe en la puerta principal, acompañado del olor a café.

—¿Lista para navegar? —preguntó un sonriente Ty, cargado de magdalenas y tazas llenas de café—. Ven a la cocina. Estoy preparándonos algo para el almuerzo. Me vendría bien un poco de ayuda.

Metí mi billetera con el número del teniente Red en mis pantalones cortos y agarré un buzo, tomé una taza de Ty y cerré la puerta. Las magdalenas estaban tan buenas como olían. Me comí una rápidamente mientras preparábamos el almuerzo.

Limpiamos, sacamos a los gatos y nos dirigimos al muelle, con Merlín pisándonos los talones.

—Merlín, te mereces un paseo en barco. Buen chico —dijo Ty mientras jugueteaba con las orejas del perro.

—¿No le tiene miedo al barco? — pregunté.

—Le encanta el barco, Annie —Con eso, Merlín ladró y se sentó. Ty le arrojó una galleta para perros y nos pusimos en camino.

—Espero que estés lista para otra lección de navegación, porque tú misma vas a traer el barco a casa —advirtió Ty.

—Sí, pero ¿habrá señal de celular en el barco alrededor del mediodía? —pregunté. Quería pasar el día navegando, pero estaba preocupada. Esperaba no sonar como si no quisiera ir.

—Pareces preocupada, Annie. ¿Aún te preguntas por tu tía?

—Un poco —admití.

—Bueno, podemos cruzar la bahía al mediodía; hay un teléfono en el muelle de combustible si tu celular no funciona, ¿de acuerdo?

—¡Excelente! —Sonreí aliviada. Caminamos en silencio, riéndonos de las payasadas de perrito de Merlín.

El camino se iba volviendo más concurrido a medida que nos acercábamos al puerto deportivo, con su puñado de tiendas.

—¿Que...? —murmuró Ty, poniéndose de puntillas para mirar hacia el embarcadero donde estaba amarrado el *Star*.

En el muelle pudimos ver la luz intermitente del barco de la policía marítima y una pequeña multitud allí reunida. Ty le soltó la correa a Merlín y corrimos hacia allí para ver a qué se debía tanto alboroto.

El centro de actividad era el *Star*. Doc estaba de pie en la bañera, hablando seriamente con un oficial de policía. Otro policía estaba bloqueando el acceso al barco. Corrimos hacia la cinta amarilla y Ty, sin aliento, explicó que Doc era su tío.

—Espera aquí —ordenó el oficial y se fue a hablar con Doc y el otro oficial. Después de unas pocas palabras, nos indicó que pasáramos.

—¿Qué pasó? —preguntó Ty.

—¿Estás bien? —agregué, examinando a Doc cuidadosamente.

—Parece que alguien tomó prestado el *Star* anoche —explicó Doc—. Cuando subí a bordo esta mañana, sólo estaba amarrado con una línea. Gracias a Dios no se soltó y el viento la mantuvo pegada a los pilotes.

—¿Algún daño? —preguntó Ty.

—Sólo un raspón en la pintura en la proa. Échale un vistazo —Doc hizo un gesto, molesto.

—No toques nada, hijo —advirtió el policía.

—Vinimos aquí anoche alrededor de las diez y todo estaba bien entonces —dije.

—Sí, y yo estuve a las 12:00, cuando bajé del ferry. También falta la radio —dijo Doc mirando al oficial de policía.

—Me gustaría que todos salieran del barco sin tocar nada —El oficial de policía nos hizo bajar.

—¿Cuándo podremos utilizar el barco? —preguntó Doc, mirando nuestra cesta de picnic.

—Hoy prácticamente puedes olvidarlo. El equipo de escena del crimen tiene que terminar un robo en Brentwood antes de que vengan aquí —El policía dio por cancelado nuestro día de navegación con esa simple declaración.

Ty y yo tratamos de ocultar nuestra decepción diciendo:

—Doc, ¿necesitas ayuda?

—No puedo hacer nada mientras el barco sea la escena del crimen —respondió.

Los tres miramos fijamente el barco, formulando cada uno nuestras teorías sobre lo que había sucedido. La cantidad de cosas extrañas que habían sucedido aquí en tres días estaba empezando a irritar mis instintos. ¿Tenían algo que ver unas con otras?

—Bueno, voy a volver a la casa —anunció Doc.—. Adiós, chicos.

Ty parecía estar perdido en su propio mundo. De repente, se despertó y salió corriendo detrás de Doc.

—Doc, ¿puede llevar esto a casa? —preguntó, entregándole ansiosamente la cesta—. Tengo un lugar al que quiero llevar a Annie.

Doc miró fijamente a Ty por un momento y luego respondió:

—Claro, Ty, ¿nos vemos para cenar?

—Sí, gracias, Doc —Doc le dio una palmada en el brazo a Ty.

—Annie, quiero que conozcas a alguien. He estado pensando mucho en ello y podría resultarte interesante. Tenemos que tomar el ferry hasta Bay Shore.

—Bueno, ¿quién es? ¿A dónde vamos? —pregunté, sintiendo curiosidad y preocupación al mismo tiempo.

Ty me miró directamente a los ojos.

—Quiero que conozcas a mi papá, Annie. Está en la sala psiquiátrica del Hospital Central Islip. Está física y mentalmente discapacitado debido a su consumo de alcohol. Lo visito aproximadamente una vez por semana. Le gusta conocer a mis amigos.

—No lo sé, Ty. Esto es embarazoso.

De repente me sentí confundida y asustada. De modo que el hospital psiquiátrico era para el alcoholismo. Aquí estaba yo, preguntándome si Ty alguna vez hablaría de sus padres, y ahora me proponía ir a ver a su padre. No quería ir a un hospital a visitar a un alcohólico. Demasiado cerca de casa. Podría terminar teniendo que ver a mi madre. Todos los viejos mecanismos de escape me empujaban a evitar esta situación para salvar mi vida.

Ty me miró fijamente otra vez.

—Annie, no voy a obligarte. Pero compartiste tus sentimientos sobre tus padres conmigo. Me gustaría compartir contigo cómo llevo el mío. No soy ningún santo, Annie. Me tomó un tiempo decidirme a visitar a papá. Me sentía igual que tú, tal vez peor. Ahora me alegro de haberlo hecho. Me hace sentir mejor acerca de la situación, lo creas o no.

No esperaba esto. Desearía tener más tiempo para pensar en ello. Mi enfrentamiento con papá acerca de mamá me rondaba, pero yo lo iba postergando.

—¿Te quedas mucho tiempo? —pregunté, empezando a ceder.

—No, tiene muy poca capacidad de atención, de manera que las visitas son cortas. Pero él siempre se alegra de verme.

—Si cambio de opinión, ¿puedo esperar afuera? —pregunté.

—Nadie te obligará a hacer algo que no quieras, Annie —me aseguró Ty.

—Bien, entonces iré —decidí, respirando profundamente y pensando con pavor: "Esto no me va a gustar nada. Sólo hago esto para complacer a Ty".

Abordamos el ferry, que nos llevó a Bay Shore, donde tomamos un autobús que nos condujo a través de Long Island hasta Central Islip.

—Mi papá bebía tanto que solía desmayarse —comenzó Ty mientras el autobús avanzaba. Mirando al frente, continuó

—: También fumaba. Así murió mi madre. Uno de sus cigarrillos prendió fuego al sofá. Los bomberos la sacaron, pero mi mamá ya estaba muerta por inhalación de humo. Yo no estaba en casa —finalizó con voz plana.

—¿No lo odias? —pregunté—. ¿Cómo puedes soportar verlo?

—No pude durante mucho, mucho tiempo —dijo Ty—. Verlo aquí me ayuda a entender que es un hombre muy enfermo.

—Uf —dije, estremeciéndome por su historia.

Nos quedamos en silencio, retirándonos a nuestros pensamientos íntimos. El silencio me puso más nerviosa y, por fin hablé para tratar de cambiar el estado de ánimo.

—¿Fue realmente un fantasma lo que vimos anoche? No era lo que esperaba en absoluto.

—Yo también tenía mis dudas al principio. Pensé que nos estábamos perdiendo algún factor importante que daría alguna explicación absolutamente plausible —dijo Ty.

—Parece que te has decidido por el fantasma —dije.

—Hemos eliminado cualquier otra posibilidad hasta ahora, Annie. No estoy convencido de que sea un fantasma. Simplemente no tengo otra explicación —Ty se encogió de hombros.

—Siempre me encantaron las historias de fantasmas por esa razón: nadie parece poder dar una explicación razonable. Me encanta el misterio de todo esto. Pero ahora que tengo mi propio fenómeno fantasma en la vida real quiero darle una explicación razonable. Quiero que sea una sonámbula, una local que engaña a Alice, lo que sea.

—Eso es simplemente tu lado lógico tomando el control. Eres sólo un producto de tu educación —dijo Ty—. Alice está convencida de que lo que vimos anoche es real. Como sabes, tiene un archivo sobre la Madonna Fantasma, una investigación de antecedentes. Hace registros de cada avistamiento. Quiere presentar toda esta documentación a los mismos expertos en fenómenos paranormales que vinieron aquí la última vez — añadió.

—¿Pero no ahuyentaron a la Madonna Fantasma? — pregunté.

—A los lugareños les gusta bromear con eso. Alice siente que si les da suficiente información a los expertos, podrán encontrar una manera de registrar un avistamiento sin asustar al fantasma.

—Esa parte me interesa —dije.

—Todo una científica, eh, Annie —bromeó Ty, tapándome los ojos con el sombrero. Le di un puñetazo en broma mientras buscaba el timbre para indicarle al conductor que se detuviera.

Mi estómago dio un vuelco cuando bajamos del autobús. El hospital era un feo edificio institucional hecho de ladrillo rojo. Una pesada malla de alambre cubría el exterior de todas las ventanas. Apreté los dientes, esperando escuchar gritos y gemidos desde las ventanas.

Entramos al vestíbulo. La gente estaba sentada en la sala de espera, comprando comida en un cantina o simplemente deambulando.

—Muchas de las personas que ves aquí son pacientes, Annie —afirmó Ty—. Tienen puesto una de esas pulseras de alarma que, si cruzan la puerta, alerta al guardia de seguridad. De lo contrario, pueden deambular por esta zona común. ¿Quieres esperarme aquí?

Miré a mi alrededor con nerviosismo.

—Eh…, no, iré contigo —dije, no queriendo quedarme sola. Tomamos el ascensor hasta el piso del padre de Ty y una enfermera nos indicó que pasáramos a la sala de estar, donde Ty le mostró su pase.

La sala de estar era de color verde vómito y tenía el suelo de linóleo gris. Sillas funcionales se alineaban en islas o contra las paredes. Un televisor parloteaba desde lo alto de la pared.

Ty cruzó la habitación tomándome de la mano. Su meta era un hombre muy delgado sentado en un sillón de cuero sintético. A medida que nos acercábamos, pude ver el parecido de Ty con él. Debió haber sido muy buen mozo alguna vez. Ahora estaba gris. No sólo su cabello, sino todo él. Miraba distraídamente la televisión, mientras mordisqueaba un agitador de café de madera.

—Hola, papá. Me gustaría presentarte a una amiga —gritó Ty alegremente.

Al escuchar la voz de su hijo, el rostro del señor Egan se transformó. Los ojos vacíos y aburridos se iluminaron con una calidez que delató sus sentimientos por Ty.

—¡Ty, muchacho! —su voz era cálida y entusiasta—. Un regalo para la vista —añadió con un toque de acento irlandés.

—Guarda tu palabrería para la señorita Annie Tillery, papá —sonrió Ty.

—Es un placer, muchacha —Agarró mi mano con la suya seca. Sus ojos buscaron mi rostro y capté su tristeza.

—Encantado de conocerlo, Sr. Egan —dije en mi tono más educado. Era difícil no dejarse seducir por aquel hombre, aunque era más una sombra que un hombre vital.

—¿Y de dónde es usted, señorita Annie Tillery? —preguntó, soltando mi mano y haciéndonos un gesto a Ty y a mí para que nos sentáramos.

—Mi tía y yo estamos de vacaciones en Isla del Fuego. Nos quedaremos con Doc y Ty en *Windalee*. Mi tía conoce a Doc por su trabajo —expliqué.

—¿Entonces van juntos a la escuela? —preguntó, pareciendo ignorar mi respuesta.

—No, papá. Es una visitante de la isla —dijo Ty con sencillez y firmeza.

—Oh sí, sí. Ya veo —respondió el señor Egan con entusiasmo, pero miró hacia otro lado, confundido. Empezó a frotarse las manos nerviosamente. Tenía la piel brillante y decolorada. Me pregunté si serían cicatrices de quemaduras.

—¿Viste el partido de los Mets, papá? —preguntó Ty, tratando de ayudar a su padre a superar algún momento difícil que seguramente intuía.

—Sí, lo vi. Los idiotas volvieron a perder —añadió abatido —. Pero los Yankees están en una racha ganadora —Pareció animarse ante la idea. Se volvió hacia mí—. Dime, ¿sigues el béisbol, Annie?

—Amo a los Mets —sonreí, mintiendo—. Pero mi verdadero amor es el hockey. Soy fanática de los Rangers — anuncié con orgullo.

—Salvajes, del primero al último —escupió el señor Egan con ímpetu. Pero en seguida añadió—: Pero a cada uno lo suyo.

—Papá, ¿necesitas algo?

—¿Puedes conseguirme un paquete de Camel, Ty? —dijo con complicidad.

—Sabes que no puedes fumar aquí, papá. Recuerda, va contra las reglas.

El señor Egan frunció el ceño y volvió a frotarse las manos. Parecía estar tratando de recordar algo, algo que lo asustaba o preocupaba. Dicho esto, volvió a mirar la televisión y la luz de sus ojos se apagó. Pensé en esa expresión: "Bonita casa, no hay nadie en casa".

—Bueno, papá, ha sido un placer verte. Volveré pronto —Ty puso fin a la visita, aunque no demasiado pronto para mí. Se detuvo en la enfermería para preguntar sobre el estado físico de su padre.

Mientras esperaba, seguí pensando en mi madre, en cómo ella tenía esa misma mirada, como si simplemente no pudiera saltar a la lucha que la gente llama vida. Siempre parecía estar buscando algún refugio, algún escape. Yo tendía a pensar que era de mí que quería alejarse. Pero, después de ver al señor Egan, comencé a preguntarme si lo que los asustaba era algo que les hacía simplemente *sentir*. Intenté imaginarme *sin querer sentir* las cosas que de la vida. No pude. Simplemente no podía imaginar el lugar que habitaban el señor Egan y mi mamá. Cuando pensaba en eso, me asustaba y me disgustaba a la vez.

Finalmente, Ty salió de la enfermería y me miró de arriba abajo, tratando de evaluar mi estado de ánimo. Me parecía mayor, con los hombros encorvados y las manos metidas en los bolsillos. Qué responsabilidad tan terrible había asumido. Yo sólo quería huir de algo como eso.

—¿Podemos irnos a casa ahora? —pregunté. Incluso a mí me pareció que me portaba como un bebé grande. Intenté superar mi vergüenza.

—Bueno. Supongo que no fue una gran idea —dijo Ty, señalando con la cabeza hacia la puerta.

—Estás equivocado, Ty. Eres un santo. No sé cómo pude decir eso. Estoy enojada —dije, tratando de suavizar las cosas —. Esto me confunde terriblemente. ¿Cómo puedes ser tan bueno con él después de todo el dolor que ha causado? Ayúdame a entender.

—Imagínate que estás viendo un programa de televisión. Mira a tu madre como si fuera un personaje de teleteatro. ¿Envidias su vida? ¿Te gustaría ser ella?

Imaginé la escena que describía Ty en el reproductor de DVD de mi cerebro. En cierto modo pude ver lo que quería decir.

—¡Pero ella ha causado tanta infelicidad! —respondí.

—¿Cómo cambia ella tu vida cotidiana, Annie? —
preguntó en voz baja—. Yo veo a mi padre y me da pena.
Cualquiera que no tenga control sobre su vida da pena. Yo
puedo entrar y salir de este hospital cuando quiero. No estoy
seguro de que él sepa siquiera dónde está la puerta.

Llegó el autobús. Nos retiramos al silencio. Ty dijo:

—Piénsalo, Annie. Tuve que pensar en ello durante mucho
tiempo. Todavía tengo que pensar en ello.

De repente, me rodeó con su brazo.

—Y te debo un paseo en velero. ¿Te conformarás con un
yogur helado en Bay Shore? —sonrió con esa sonrisa
deslumbrante suya.

Me reí, colocando mi brazo detrás de él y enganchando mi
dedo en una de las presillas de su pantalón.

—Aquí. Es un trozo de piedra cuadrado—, dijo Ty
emocionado. —Con algo de escritura.

Capítulo 9

En el subsuelo

El ferry se detuvo con un topetazo contra el muelle del puerto deportivo de Point-O-Woods, sacudiendo una nuez suelta en mi cerebro.

—¡Ay Dios mío! —jadeé, saltando de mi asiento mientras recorría frenéticamente el muelle con la mirada.

—¿Qué? —Ty corrió a mi lado.

—Olvidé llamar al teniente Red. ¿Qué hora es? Mi celular no funciona aquí. Bien, hay teléfonos en el muelle, llamaré de inmediato. Tal vez encuentre a alguien.

—Son las 4:30. ¿Estás a tiempo? —Ty buscó monedas en sus bolsillos.

Una vez en el muelle con el cambio que logramos reunir entre los dos, hice la llamada. Ty miró ansiosamente.

Respondió Millie; le pregunté si el teniente Red había dejado un mensaje, o mejor, si alguien había tenido noticias de J.

—Ay, querida, Red nunca volvió a la oficina. Tu tía tiene una misión especial, así que no viene por aquí. Tiene una persona de contacto.

—Gracias —respondí abatida ante la temida palabra: "contacto", que me asaltaba de nuevo.

Colgué el auricular y me apoyé en la cabina telefónica, cerrando los ojos. Intenté recordar si tenía el número de teléfono de la casa del teniente Red.

—¿Sin suerte? —adivinó Ty.

—No es propio de ella no dejarme un mensaje cada dos días.

—Tal vez dejó un mensaje en *Windalee* —sugirió Ty.

—Tal vez.

Mi ánimo mejoró un poco mientras caminábamos a casa.

Una vez en *Windalee*, Ty fue directamente al contestador automático. Doc estaba en la cocina con una visita. Estaban inclinados sobre unos papeles que había sobre la mesa; sus humeantes tazas de café llenaban la habitación con el aroma de la moka.

Sus cabezas se alzaron cuando, al entrar nosotros, la puerta mosquitera se cerró de golpe. Para mi sorpresa, quien estaba sentada a la mesa con Doc era Alice.

—Hay un mensaje para ti en el contestador automático, Annie. Lo rebobiné para que pudieras escucharlo de inmediato —dio Doc la buena noticia.

—¡Gracias! —Mis esperanzas aumentaron.

Presioné el botón "mensaje" y esperé.

"Este mensaje es para Annie", llegó la voz retumbante del teniente Red. "No he tenido noticias de la tía Jill todavía, pero pronto recibiré un mensaje. No te preocupes." Me dio el número de teléfono de su casa y terminó la grabación.

De repente me sentí cansada. Este no era el mensaje que quería escuchar. Pero el teniente Red tenía razón. Ya tendría noticias. Intenté deshacerme de la sensación de inquietud y me di cuenta de que los demás ocupantes de la cocina estaban absortos en los documentos extendidos sobre la mesa.

—¿Qué es eso? ¿El mapa del tesoro de algún pirata? ¿Nos hará ricos? —bromeé mientras me abría paso entre Ty y Doc.

—Estos documentos son estudios topográficos preparados para el Departamento de Policía del condado de Suffolk en 1928 —explicó Alice—. Tengo un primo que es oficial de policía retirado del condado de Suffolk. Su jurisdicción era Isla del Fuego durante los días de la Prohibición. Él sabe lo interesada que estoy en la historia de Isla del Fuego, así que me dio una caja entera de viejos documentos que tenía de su época de policía. ¡Y bingo! Tenemos estos —Alice hizo un amplio gesto de triunfo, haciendo que Merlín corriera hacia la puerta, gruñendo.

—¿Qué pasa con el perro? —murmuró Ty—. Está nervioso esta noche.

—Debe ser toda esta charla sobre fantasmas, amigos—. Lo están convirtiendo en un neurótico.

Merlín corrió hacia atrás y saltó al regazo de Doc con un gruñido.

—Creo que estos mapas son importantes porque pueden ayudarnos a localizar la tumba de la Madonna Fantasma. Pasé la tarde en el Ayuntamiento, obteniendo las ubicaciones reales de los lotes marcados en el estudio.

—Oh, ya veo —exclamé mientras leía sus notas a lápiz—. Esta es tu casa y, hum... aquí está *Windalee*.

—Las líneas de puntos son los túneles —explicó Doc mientras pasaba una regla a lo largo del estudio, tratando de darle sentido al laberinto de túneles—. Este de aquí es el que tapé —señaló Doc.

Alice entrecerró los ojos sobre el plano, midiendo distancias con el pulgar.

—Estoy tratando de descubrir dónde está el lugar exacto en el que nuestro fantasma desaparece de la vista. Tendría que ir a medir la distancia real del malecón y usar la escala del mapa —dijo.

—El paseo marítimo se construyó en 1958. No se puede utilizar como punto de referencia en estos diagramas —añadió Doc.

—Tendremos que averiguar dónde colocarlo en el plano midiendo las casas que estaban allí entonces y ahora —reflexionó Ty.

—Eso no debería ser difícil. Son un par de horas de trabajo —Doc nos miró a Ty y a mí.

—Doc, ¿puedes dejarnos ver tu túnel? ¿Es seguro explorar el que tapiaste? —preguntó Alice.

—Sí, es bastante sólido. Lo tapé con tablas, porque no quería que ningún vándalo invernal entrara a la cabaña por allí. Hice un muy buen trabajo camuflando la entrada —Doc se acercó al armario y sacó una palanca, haciéndonos un gesto para que lo siguiéramos. Ty agarró un martillo y todos salimos en fila hacia la creciente oscuridad.

—Que uno de ustedes traiga algunas linternas —dijo Doc.

—Las traeré si me dices dónde están —ofrecí.

—En el armario que estaba la palanca, Annie —respondió Ty.

Corrí hacia atrás y abrí el armario. Encontré las linternas con bastante facilidad, pero cuando iba a cerrar la puerta, noté una hilera de llaves etiquetadas, colgadas de ganchos. Una en particular atrajo mi curiosidad, la que tenía una etiqueta que decía "cabaña".

Haciendo caso omiso de esa distracción momentánea, me apresuré a unirme a nuestra pequeña expedición. Doc ya había apartado los arbustos que había colocado frente al túnel tapiado. Detrás de las plantas había un trozo de valla de protección de dunas hábilmente cubierta, que Ty, Alice y Doc estaban dejando al descubierto.

Por fin, las tablas quedaron accesibles y listas para soltarlas. Los clavos cedieron con su habitual chirrido de protesta y el túnel quedó abierto para nosotros.

Les entregué a todos una linterna y Doc abrió el camino con cautela. El túnel estaba apuntalado con troncos en algunos puntos. En algunos lugares la arena de la duna había entrado al túnel.

—Sólo era posible cavar estos túneles donde había un subsuelo firme bajo la arena. El subsuelo aquí es muy duro. De lo contrario, supongo que habrían cedido hace mucho tiempo

—Doc continuó por el túnel, y su voz se volvió extraña por la cercanía de las paredes.

Los rayos de las linternas creaban un espectáculo de luces, rebotando por todas partes. Se podían escuchar ruidos de pequeñas corridas desde las sombras oscuras.

—Oh, esas no son ratas, ¿verdad? —Me estremecí involuntariamente al pensar en ello.

—No, Annie. Son cangrejos terrestres. Inofensivos. No te preocupes —llegó la voz tranquilizadora de Ty. Agarré su mano.

—¿Hasta dónde llega este túnel, Doc? Me estoy volviendo un poco claustrofóbica —la voz de Alice tembló un poco, haciéndose eco de los sentimientos de todos nosotros.

—Sólo unos sesenta metros más, Alice. Puedo ver mi barricada más adelante.

Doc había utilizado las vigas existentes a lo largo de la pared y el techo del túnel como marco para clavar secciones de madera contrachapada, creando una barrera fuerte.

—¿Hasta dónde llega el túnel más allá de la barricada? —preguntó Alice.

—Sale muy cerca de la cabaña. No recuerdo exactamente dónde, pero diría que sigue otros quince metros —respondió Doc.

—¡Maldición! ¡Ojalá me hubiera acordado de traer una brújula y una cinta métrica! —exclamó Alice—. Quiero saber exactamente dónde llega este túnel.

—Podemos tomar esas medidas mañana —sugirió Ty—. De todos modos, es mejor hacerlo durante el día.

—¿Podemos entonces atravesar esta barrera, Doc? —insistió Alice.

—¿Es necesario, Alice? —preguntó Doc un poco impaciente.

—Sí, si quienquiera que veamos desaparecer en el paseo marítimo cerca de la cabaña está bajando al túnel, es posible que haya algunas huellas. Especialmente si no es un fantasma. ¿No quieres saber quién podría estar bajando por este túnel? Está en tu propiedad —Alice se mantuvo firme, mirando a Doc.

—¿Ah, entonces sospechas que podría no ser un fantasma? —preguntó Doc con fingida sorpresa.

—Bueno, realmente me gustaría saberlo con seguridad, fantasma o no —respondió Alice.

—Ty, ayúdame con esta madera —suspiró Doc.

Alice y yo retrocedimos, sosteniendo las linternas en alto para que Ty y Doc pudieran ver.

La mano temblorosa de Alice hizo que la luz oscilara, aumentando el misterio de la escena. Para sorpresa de Doc, su barricada se desprendió con poco esfuerzo, mientras los ácaros del polvo bailaban bajo los rayos de las linternas.

—Alguien ha estado aquí.

Con cuidado, nos abrimos camino entre los escombros y llegamos al otro lado de la barrera.

—Todos, elijan una sección del túnel y regístrenlo con cuidado —ordenó Alice.

Decidí tomar el otro extremo para apartarme del camino de todos. Había un aire de tensión creado por estar en el túnel que me hacía sentir incómoda.

El extremo del túnel estaba cerrado por una pared. Eso me dio curiosidad, ya que Doc había indicado que se podía acceder al túnel desde este extremo. Iluminé con mi linterna las paredes y el techo, caminando hacia atrás alejándome del callejón sin salida. Mi luz iluminó lo que parecía una trampilla de algún tipo. Mi talón golpeó un objeto grande y sólido y comencé a caer hacia atrás. En medio de la caída, la linterna se elevó en el aire y perdí el control sobre ella. Lo siguiente que supe fue que todos me miraban con preocupación.

—Está bien. Sólo se quedó sin aliento —dijo Doc—. ¿Puedes levantarte, Annie?

—Sí. Seguro. Tropecé con algo en el suelo, allí —gruñí, levantándome con ayuda de Ty.

—Veamos qué es —Ty comenzó a revisar la arena del suelo donde yo caí.

—Aquí. Es un trozo de piedra cuadrado —dijo Ty emocionado—. Con algo de escritura.

Todos corrimos a ver qué era. Ty y Doc lo sacaron de la arena en la que estaba enterrado y lo colocaron con la escritura hacia arriba, en medio del túnel.

Las letras y los números eran bastante débiles. Pero había suficiente allí para animar a Alice a llegar a la conclusión de que nos habíamos topado con la lápida perdida de la Madonna Fantasma y su hijo.

—Debo de haber pasado por encima de esto una docena de veces y como estaba medio enterrado pensé que era una roca.

—¿Podemos llevarlo? —casi suplicó Alice.

—No veo por qué no —respondió Doc—. Sugiero que examinemos esta área lo más cuidadosamente posible esta noche para ver si nos hemos perdido algo.

Seguimos revisando lo más cuidadosamente posible durante otra media hora. Finalmente Doc nos dijo que era suficiente. Hice un barrido más con mi linterna y algo brilló en la luz.

—¡Espera, veo algo! —llamé a las figuras que se retiraban.

A la luz de las cuatro linternas, un pequeño destello dorado nos disparó chispas de luz. Fui hacia allí. Era una mota diminuta. Como encontrar una sola piedra en el Gran Cañón.

Lo recogí con cuidado, quitándole la arena. La miré descansando en la palma de mi mano. Era un agarre de oro para un perno de arete.

—¿Qué es, por el amor de Dios? —preguntó Alice. Se lo mostré.

—Bueno, eso no pertenece a nuestro fantasma. Demasiado moderno —observó.

—Probablemente proviene de alguien que estuvo aquí explorando antes de que yo lo tapiara —dijo Doc.

—Parece como si lo hubieran perdido hace muy poco —reflexioné—. Me pregunto si el arete está por ahí —Seguimos tamizando la arena un rato más, pero decidimos continuar la búsqueda al día siguiente. Deslicé el pequeño objeto en el bolsillo de mi abrigo.

Por una vez, reinaba el silencio en el túnel, ya que todos hicimos una pausa antes de salir. Justo cuando Ty y Doc se inclinaban para levantar la piedra, un sonido extraño produjo una leve vibración a través del túnel.

—¿Qué diablos…? —comenzó Ty.

—Shhh —ordenó Alice.

La baja vibración continuó mientras escuchábamos, aumentando en cadencia y disminuyendo.

Un gemido. Sonaba como un gemido triste y lúgubre. Nos miramos unos a otros. Pensé que mis oídos habían crecido hasta cuatro veces su tamaño normal de tanta atención con que escuchaba. Agarré la mano de Ty con tanta fuerza que debía de estar lastimándolo. No emitió ningún sonido. Alice se movió lentamente por el túnel, tratando de localizar la fuente del sonido. Cuando llegó a la trampilla, colocó con cuidado las yemas de los dedos contra ella. El sonido se detuvo tan repentinamente como comenzó. Esperamos. Un minuto. Otro minuto. Doc intentó reprimir un estornudo. Sin decir palabra, con la piedra en las manos, salimos del túnel.

Capítulo 10

La trama en la casa de cristal

El sol se había puesto hacía rato y el aire fresco me devolvió la sensación de realidad. Cuando volvimos a las brillantes luces de la cocina de Doc, ya tenía mis rodillas bajo control. Alice se había calmado lo suficiente como para decir con voz casi normal:

—Necesitamos realizar una autenticación antes de decidir de qué se trató nuestra experiencia en el túnel. No puedo evitar sentir que la Madonna Fantasma regresa para visitar la tumba de su hijo. Creo que aquello podría haber sido su espíritu gimiendo —declaró.

—Podría haber sido una corriente de aire en el túnel —respondió Doc—. Pero tienes razón: averigüemos si la piedra es lo que creemos que es.

—¿A dónde conduce exactamente esa trampilla en el túnel? —le preguntó Alice a Doc.

—No estoy seguro si está en la cabaña o solo en la propiedad de la cabaña —respondió Doc—. No pude abrirla desde el lado del túnel y nunca vi ninguna trampilla en la cabaña.

—Averiguaremos adónde conduce mañana, midiendo la longitud del túnel y tomando el rumbo con la brújula —dijo Ty, rebuscando en un cajón para encontrar el equipo necesario para la tarea.

—¿Cómo puedes probar que la piedra es nuestra lápida? —pregunté, reprimiendo un bostezo.

—Voy a llamar a mi amigo Harry McKnight de la Sociedad Histórica de Long Island. Él lo sabrá —Alice parecía muy satisfecha con el trabajo de la noche y comenzó a doblar los mapas.

—Vamos a terminar por esta noche, amigos —propuso Doc—. Alice, deja el mapa. Ty y Annie te lo llevarán por la mañana, después de que terminen de medir. No sé ustedes, pero yo estoy agotado.

Gruñimos aprobando su propuesta.

—Annie, déjame acompañarte a tu habitación y luego acompañaré a Alice a casa —Ty me rodeó con el brazo. Me apoyé en él agradecida, sin darme cuenta de lo cansada que estaba.

Una vez cruzado el patio, me tomó por los hombros y me miró a los ojos.

—Has tenido un buen día, ¿no? Pero no son unas típicas vacaciones de verano, ¿eh?

—Es la mayor aventura de mi vida —aseguré—. ¡Nuestro propio fantasma!

—Mira, tan pronto como terminemos la investigación para Alice, llevemos el *Star* a Sailor's Haven. Es parte del sistema forestal nacional. Es genial.

—Lo que usted diga, capitán —bostecé a mi pesar—. Me gustaría que J llamara. Estoy realmente preocupada, Ty —Lo miré, esperando encontrar una respuesta en su rostro. Lo que vi fue otro tipo de respuesta.

Me dio un beso de buenas noches y me abrazó por un momento.

—Realmente me preocupo por ti, Annie. Duerme un poco. Quizás mañana traiga algunas respuestas.

—Buenas noches, Ty —murmuré apenas capaz de mantenerme despierta. Tenía que dormir un poco.

A la mañana siguiente dormí hasta tarde. No a propósito, pero el efecto fue el mismo. Salté de la cama cuando vi que ya eran las 11 de la mañana.

"¡Oh, no!", pensé. "¡Me lo he perdido todo, lo apuesto!"
Me puse algo de ropa y me peiné mientras cruzaba corriendo el
patio hacia la cocina.

La gran sala estaba vacía y mi voz produjo un eco cuando
llamé a Ty y Doc. Una nota en la heladera me llamó la
atención.

*Annie: hay un mensaje para ti en el contestador
automático. Terminé las mediciones esta mañana. ¿Podrías
entregárselas a Alice? Doc y yo tuvimos que ir a Bay Shore
para solucionar algunos asuntos policiales relacionados con el
barco. Hasta luego. Con amor, Ty.*

El mapa con el resultado de la investigación de Ty estaba
en un gran sobre manila sobre el mostrador.

Me desplomé en una silla de la cocina, desinflada. Date
prisa y espera. Extrañaba a Ty y sentí una profunda decepción.
¿Cuándo regresaría Ty?

—El contestador automático —grité en voz alta. El
mensaje era del teniente Red. Dijo que esperaba un mensaje de
J en cualquier momento. Llegaría de visita mañana por la
mañana.

Escuché de nuevo el mensaje. "¿Por qué viene de visita?"
me preguntaba. Me invadió el mismo sentimiento de inquietud

que había tenido desde que J dejó Isla del Fuego. Un pequeño destello de esperanza brilló en mi mente. "Quizás el teniente Red traiga a J con él. Si hubiera sucedido algo, lo habría dicho", razoné.

Distraídamente, me serví un vaso de leche, tratando de darle sentido a los misterios de los últimos días. Extrañaba a J. Después de cuatro galletas con chispas de chocolate (J me mataría), decidí dirigirme a la Casa de Cristal de Alice. Cerrando la casa de Doc, me dirigí hacia el paseo marítimo, poniéndome rígida al darme cuenta de que volvería a pasar ante la casa de los vecinos.

Si Alice hubiera obtenido una opinión sobre la piedra que encontramos en el túnel, podríamos intentar armar el rompecabezas.

Mientras avanzaba lentamente, seguí haciendo malabarismos en mi cerebro con los acontecimientos de los últimos días. Un fuerte golpe y luego un ruido sordo me hicieron mirar hacia arriba. Estaba justo frente a la cabaña de al lado. Me detuve. Desde el interior llegaba una voz ahogada. No pude entender lo que decían, pero el tono era inconfundible. Se estaba produciendo una acalorada discusión. "¿Qué pasa en este lugar?", me pregunté. "Cada vez que paso por aquí ocurre algo inquietante". Escuché un gemido cuando algo golpeó la pared más cercana a mí, haciendo que la ventana vibrara.

"Esto suena serio. ¿Qué tengo que hacer?" Luché conmigo mismo. "¿Huir? ¿Escuchar a escondidas? ¿Llamar a la policía?"

De repente, la puerta se abrió de golpe y uno de los vecinos salió corriendo, tomándome completamente por sorpresa. Por un instante, nos miramos fijamente. Mi cerebro le decía a mis pies que corrieran, pero antes de que recibieran el mensaje, el hombre volvió a entrar a la casa tan rápido como había salido. La puerta principal se cerró de golpe; las ventanas se cerraron de golpe. Más gritos ahogados marcaron cada golpe. Pasaron unos segundos antes de que me diera cuenta de que todo se había vuelto completamente silencioso. Tan sereno que podía escuchar el sonido de las olas en la playa.

Con un sacudón continué mi caminata, incapaz de deshacerme de la creciente aprensión que sentía. El recuerdo de haber encontrado el arete de J en el mismo lugar que acababa de dejar se deslizó en mi conciencia, profundizando el vacío en mi estómago.

Controlar este sentimiento de pavor me ocupó hasta que apareció a la vista la Casa de Cristal. Alice me abrió la puerta. Le entregué el sobre con las mediciones de Ty. Sus ojos se iluminaron con la emoción de acercarse a la solución del misterio de los fantasmas, pero la luz de su mirada se atenuó cuando me miró a los ojos.

—¿Qué te pasa, Annie? Yo diría que parece que has visto un fantasma, pero incluso cuando lo viste, te veías mejor que ahora.

Le conté el incidente que acababa de ocurrir en la cabaña de los vecinos.

—Y también estoy preocupada por mi tía —confesé—. Siempre me preocupo, pero supongo que encontrar su arete frente a la cabaña me asustó. Ojalá se me ocurriera algo que hacer.

—Entiendo lo que quieres decir —la voz de Alice era tranquilizadora—. Debo admitir que yo misma he estado vigilando atentamente el lugar.

Miré a Alice. Ella me miró fijamente y continuó.

—Anoche, después de que Ty me dejó aquí, fui hasta allá. Se oían muchos gritos que venían de adentro. Sólo pude captar palabras sueltas, no lo suficiente como para encontrarle algún sentido. Estaba a punto de irme, cuando escuché un portazo al otro lado de la casa que conducía al patio trasero.

—¿Y viste algo? —interrumpí con impaciencia.

—Lo intenté, Annie. Realmente. Pero no quería que me vieran. Rodeé la casa y por el costado pude ver a dos hombres arrastrando un enorme bulto desde las escaleras traseras hasta el patio.

—¿Adónde lo arrastraron? —De nuevo me ganó la impaciencia.

—No lo vi, Annie. En ese momento, otro hombre salió por la puerta principal y tuve que esconderme detrás de los arbustos.

Alice y yo nos miramos y nos quedamos en silencio. Vagas imágenes de malas acciones se formaron en mi mente.

Finalmente, dije:

—¿Podríamos llamar a la policía? ¿No están perturbando la paz o algo así? ¡Mi paz sí que la perturban!

—Sí, sé lo que quieres decir —respondió Alice—. He estado investigando las ordenanzas municipales para ver si han cometido alguna violación que nos dé una excusa para llamar a alguna autoridad. No he encontrado nada todavía.

—Tal vez Doc lo sepa. Además, él alquila esa cabaña, ¿no?

Mis esperanzas aumentaron, pensando que este era un buen punto.

—El alquiler se realiza a través de un agente inmobiliario. Doc no tiene nada que ver con ellos —respondió Alice.

—Pero si sospecha que están haciendo algo para dañar la casa, ¿no puede denunciarlo para entrar y ver la casa? —dije, sin querer dejar pasar esto.

—No lo sé, Annie. Doc es inflexible cuando se trata de la privacidad de las personas. Tendría que tener una razón poderosa para invadir ese derecho a la privacidad. Y es muy mal negocio ser entrometido con los inquilinos aquí en la isla. La gente viene aquí en busca de privacidad.

—Voy a preguntarle esta noche —declaré—. No sé qué haré si dice que debemos ocuparnos de nuestros propios asuntos —agregué.

—Bueno —respondió Alice—, voy a pasar de nuevo esta noche después de mi vigilancia fantasma. La luna está creciendo rápidamente y me imagino que esta será la última noche en la que nuestra Madonna se mostrará este mes.

—Si aparece, terminarás en la cabaña de todos modos, ya que ese es su punto de desaparición —observé.

—¡Annie! —gritó Alice, dándose una palmada en la frente —. ¡La medición! A ver si el túnel llega a la casa de los vecinos.

Abrimos el sobre manila que habíamos olvidado sobre la mesa. Las cuidadosas mediciones de Ty, trazadas en el mapa del terreno, mostraban que el túnel que habíamos explorado la noche anterior terminaba cerca del patio trasero de la cabaña. Sin embargo, no era posible saber si el túnel terminaba en el patio trasero o debajo del paseo marítimo, ya que el antiguo estudio topográfico no mostraba el paseo marítimo. Ty no había marcado en el mapa el lugar del malecón.

—Entonces, volvemos a la cabaña de los vecinos — reflexioné—. De todos modos tenemos que ir allí ahora para medir la distancia desde la casa y ver dónde podría estar la trampilla del túnel. No creo que los vecinos quieran que estemos cerca de ese lugar —continué—. Cada vez que estoy cerca de allí y me ven, se ponen furiosos.

Alice se levantó de su silla y se acomodó la ropa pensativamente.

—Tomaré las medidas esta noche. No me verán hacerlo, así que no pueden molestarse —decidió, ya tomada su decisión.

—¿No crees que sea peligroso? —pregunté.

—No me importa. ¿Qué pueden hacerme, decirme que me vaya?

Alice me miró desafiante.

—Mira, Alice, estos tipos podrían ser peligrosos —dije enfáticamente, sintiendo mi propio miedo. Le hablé de mi primera noche en la isla y de cómo había observado a la gente de la cabaña desde el porche de *Windalee*. Le hablé del arma que llevaba uno de ellos.

—Quién sabe lo que están haciendo —dije, tratando de ser convincente—. Déjame ver si puedo convencer a Doc para que los saque de la cabaña con alguna excusa. Mientras estén afuera, podremos medir.

—Y mirar el interior —afirmó Alice con resolución—. Arreglaremos esto de una vez por todas.

Me levanté y me uní a Alice ante la ventana que daba al océano. Me acordé de J.

—Alice, voy a volver a *Windalee*. Quiero ver si mi tía dejó algún mensaje en el contestador automático y espero que Ty y Doc hayan vuelto.

—Sí. Pregúntale a Doc qué piensa de los vecinos. Llámame y cuéntame.

Nos dijimos adiós. Regresé al sendero del malecón y noté el silencio que reinaba en la cabaña al pasar. Cuando regresé a *Windalee*, Ty y Doc estaban en la cocina. Ty parecía molesto.

—Hola —dije, mirando con curiosidad a Ty. Me devolvió el saludo sin entusiasmo. Sentí una punzada de rechazo.

—No podemos salir en el barco esta tarde, Annie. La policía todavía lo tiene como escena del crimen.

Me había olvidado del viaje que habíamos planeado.

—Oh, bien. ¿Quizás podamos caminar por la playa hasta ese otro pueblo, Ocean Beach? J me dijo que le gustaba — Automáticamente miré el teléfono cuando dije el nombre de mi tía—. ¿Llamó mi tía? —pregunté, mostrando la tensión de esa pregunta a Ty y Doc.

—No, Annie —respondió Doc—. Pero el teniente Red sí. Estará aquí en el primer ferry de la mañana. Prometió que entonces te informaría.

Me sentí profundamente decepcionada. Tenía que esperar un día más. Esto empezaba a parecer unas anti-vacaciones. Sentí que los ojos se me llenaban de lágrimas.

—Eh, ¿por qué la policía todavía tiene el barco? —pregunté, tratando de cambiar de tema y controlarme.

—Dijeron que se podría lograr una identificación con un conjunto de huellas y que quieren ver si hay más de estas huellas en el barco. Van a sellar la cabina, que no revisaron previamente en busca de huellas, y la rociarán con Super Glue para ver si pueden obtener otro conjunto de huellas.

Ty me dio esta información mientras yo observaba a Doc, tratando de ver si sería un buen momento para preguntar sobre la investigación de nuestros vecinos. Imposible saberlo. Éste es un momento tan bueno como cualquier otro, razoné y seguí adelante.

—Doc, ¿qué es lo que está mal con gente de la cabaña?

—¿Qué quieres decir con mal? —Doc entrecerró los ojos y me miró—. ¿Por qué crees que algo está mal? —añadió.

Le conté mis dos incidentes con ellos, añadiendo los comentarios de Alice de la tarde.

—Alice es una entrometida a veces —Doc no parecía contento—. Quiero que te mantengas alejada de ellos, Annie. Las personas que alquilan aquí tienen derecho a su privacidad. Nada de husmear —añadió.

—No estaba husmeando. Sólo iba caminando. El ruido en el interior sonaba serio. Sólo me preguntaba si debería hacer algo al respecto —me defendí.

—No es asunto tuyo —Doc enunció cuidadosamente cada palabra, dejando absolutamente claro que pedir que tomara medidas era inútil. Si algo se hacía para desentrañar esos misterios, dependería de Alice y de mí, y tal vez de Ty.

—Vamos a dar ese paseo, Annie —dijo Ty, viniendo al rescate con una mirada dura hacia Doc.

—Lo siento, Annie —dijo Doc en un tono más suave—. Solo haz lo que te pido. Sé lo que digo. Que lo pasen bien, chicos —Con eso, Doc nos dejó la cocina a Ty y a mí.

Ty se acercó y me dio un abrazo. Nos quedamos allí abrazándonos y meciéndonos. Se sentía tan bien. ¡Al diablo el fantasma, al diablo los vecinos! ¡Maldita sea! Al diablo J también. ¿Por qué no podía simplemente, por el amor de Dios, tomarse una semana libre como la gente normal?

Ty me acarició el pelo y yo hundí mi cara en su suave buzo.

—Salgamos de aquí. Podemos hablar de camino a Ocean Beach. Es una larga caminata. Quiero pasar algo de tiempo contigo, Annie —Ty levantó mi barbilla y me miró—. ¿De acuerdo?

Empezó la subida de la montaña rusa. Una sensación de aventura y expectación reemplazó la decepción del día. Me reí.

—¡De acuerdo!

Capítulo 11

La pista en Ocean Beach

—Doc se puso un poco raro esta tarde cuando fuimos a ver a la policía por el asunto del barco —comenzó Ty mientras nos dirigíamos por la orilla del mar hacia Ocean Beach—. Se preocupó mucho cuando se enteró de la coincidencia de las huellas dactilares.

—¿Le preguntaste qué pasaba? —Comencé a pensar que había más en Doc de lo que se veía a simple vista. "Por ejemplo", pensé, "¿por qué cuida tanto la privacidad de los vecinos?"

—Sí, le pregunté. Dijo que simplemente estaba cansado de que arruinaran su barco. ¿Qué pasó con Alice? —preguntó Ty, apartándose el pelo de los ojos. El viento soplaba del este, trayendo una brillante neblina ligera procedente del océano.

Le conté a Ty sobre mi charla con ella acerca de los vecinos. Habíamos comenzado nuestra caminata abrazados por la cintura, pero era extenuante y ahora estábamos tomados de la mano.

—Ella irá a la cabaña de una forma u otra. Si aparece la Madonna Fantasma, espera seguirla hasta la entrada del túnel. Si no, irá alrededor de la 1 a. m. para medir la entrada del túnel, mientras todos duermen. Eso espera.

Ty me acercó y me besó en la parte superior de la cabeza y dijo:

—No sé si me gusta que haga eso sola. ¿Y si la atrapan? No está precisamente entrenada para la guerra de guerrillas ni nada parecido.

—Podríamos encontrarnos con ella allí —sugerí, tocando mi cabello donde Ty me besó.

"Esto es muy difícil", pensé. "Tratar de pensar con claridad mientras este chico que te vuelve loca te besa y te abraza requiere mucha concentración".

—Ya escuchaste a Doc —respondió Ty, ajeno a mi lucha.

—Pero Alice no escuchó a Doc, y creo que tienes razón: Alice podría necesitar nuestra ayuda —razoné—. Le prometí que le preguntaría a Doc sobre cómo tomar medidas y sobre qué tan legítimos son estos tipos en la cabaña. Me dijo que si no podía conseguir que Doc la ayudara, lo haría ella misma.

—Llamémosla cuando lleguemos a Ocean Beach —dijo Ty—. Quizás haya cambiado de opinión.

—Conoces a Alice desde hace mucho tiempo, ¿no, Ty?

—Desde que tenía unos seis años —respondió mirándome con curiosidad—. ¿Por qué?

—¿Crees que está exagerando? Este fantasma quizá nos ha vuelto a todos demasiado sensibles…

—A Alice le gustan estas cosas psíquicas, pero prefiere abordarlas desde un punto de vista científico. Creo que quiere autenticar históricamente al fantasma, no sólo tener una historia de fantasmas que contar. También le gustaría demostrar que los eventos paranormales ocurren —respondió.

—Entonces, ¿descartarías la histeria en su caso? ¿No exagera sus observaciones sobre los vecinos porque se ha vuelto muy nerviosa por el fantasma? —sugerí.

—Alice nunca se pone histérica. A veces sale con sus ideas porque la fascinan, no porque esté desquiciada —concluyó, completando los detalles de mi retrato de Alice.

—Piensa en tus propias experiencias con la gente de la cabaña, Annie. ¿Estás exagerando porque estás preocupado por J? —preguntó.

—No lo creo, Ty. Intentemos ordenar lo que tenemos que hacer hasta ahora —propuse cuando llegamos a un poste de teléfono medio enterrado en la arena. Habiendo sido arrastrado por alguna tormenta anterior, era un buen asiento. Tomé un palo y comencé a escribir en la arena.

—El fantasma.

Ty siguió mi ejemplo y agregó:

—¿Real o imaginario?

—Los tres lo vimos —respondí—. ¿Cómo se podría imaginar? No me parece que ninguno de nosotros sea tan fantasioso.

—El túnel —escribió Ty.

—Ubicación de la trampilla —escribí en tercer lugar.

Pensé por un momento y luego agregué:

—El arete de J. No sé qué encaja y qué no. Quizás si lo examinamos todo en conjunto veamos un patrón. Esto es lo que J me dice que hacen los policías cuando trabajan en un caso.

—La desaparición del *Star* —fue la siguiente entrada de Ty. Y continuó—: Los vecinos —Miré a Ty.

—¿Crees que los vecinos saben sobre el fantasma? ¿Podrían estar actuando tan locos porque saben de ella?

Se encogió de hombros.

—¿Por qué estarían tan a la defensiva con un fantasma?

Mientras decía la palabra "defensiva", pensé en la llave de la cabaña que Doc guardaba en el armario. ¿Por qué Doc era tan susceptible con los vecinos?

Pasaron unos minutos mientras pensábamos en nuestra lista, y la marea crecía con cada ola.

Finalmente agregué:

—¿Dónde está J?

—¿Crees que su ausencia está relacionada con el asunto de los fantasmas o con los vecinos? —preguntó Ty.

—No sé. Es sólo otro misterio —Mientras mirábamos la lista, una ola lamió, hambrienta, la última entrada.

Me levanté, miré la lista y me sentí impotente. Ty se unió a mí y continuamos nuestro camino por la playa. Miré hacia atrás. La lista casi había desaparecido, borrada por la marea entrante.

Cuando llegamos a Ocean Beach, la bruma brillante había sido barrida y reemplazada por una capa de nubes grises. El aire era cálido y la brisa era fresca.

—Estoy hambrienta, Ty.

—Bien —respondió—. Vamos a tener nuestra primera cita real, señorita Tillery. Te llevaré a cenar.

Le sonreí de placer y me reí. Allí estaba yo, otra vez en la montaña rusa.

—Conozco un bonito lugar justo en la bahía. Podemos sentarnos en el porche y contemplar la puesta de sol —Ty me guio fuera de la playa hasta el laberinto de caminos que conectaban las casas en Ocean Beach.

De la mano, nos dirigimos al pequeño restaurante. El aire tentaba mis fosas nasales con olores a ajo, albahaca, tomates y papas fritas. Me desmayaba de hambre. Entramos, y un camarero nos condujo al porche al aire libre. La bahía brillaba a pesar de los bancos de nubes grises. Los barcos avanzaban en busca de sus amarres: los capitanes y pasajeros buscaban tierra para cenar.

—Regresaré en seguida, Annie —anunció Ty y volvió por donde vinimos.

"Buena idea", pensé. Creyendo que había ido al baño, lo seguí. Cuando regresé a la mesa, él todavía no había regresado, pero me esperaba una canasta con pan caliente crujiente y un poco de mantequilla. Ty regresó cuando comencé con mi segundo trozo de pan.

—Llamé a Alice —declaró—. Se siente aliviada de contar con nuestro apoyo esta noche.

—Espero que tu tío no esté demasiado enojado —dije.

—Tendré que lidiar con eso —respondió Ty—. No puedo dejar que Alice haga esto sola. No tienes que ir, Annie, si no te sientes cómoda. No quiero que lo hagas si no te sientes bien al respecto. No siempre estoy de acuerdo con Doc. Nos hemos enfrentado en el pasado.

—No, Ty. Tendré que lidiar con tu tío yo también. No me siento cómoda quedándome atrás.

Así se decidió. Nos encontraríamos con Alice a la hora designada y, esperaba, resolveríamos algunos misterios al hacerlo.

Pedimos nuestra comida, un guiso picante de marisco mediterráneo con toneladas de pan francés precedido de una enorme ensalada verde fresca.

A mitad de nuestra comida, mientras mi hambre disminuía, miré a mi alrededor. El pequeño restaurante rústico encajaba perfectamente con el entorno. El porche era sólo una habitación adicional con medias paredes en tres lados, que ofrecía una amplia vista de la bahía. La madera rústica desprendía un aroma resinoso y la arena del suelo aportaba el toque justo. Me encantó esta primera cita. Fue perfecto.

Me volví para compartir mis pensamientos con Ty y lo sorprendí mirándome.

—Annie, ¿me escribirás cuando esté en la escuela en septiembre?

—¿Vendrás a visitarme a Nueva York cuando estés de vacaciones? —respondí.

Nos reímos, sintiendo alegría y triunfo en este futuro que sonaba venturoso. Ty me limpió la nariz con su servilleta.

—Salsa de tomate —dijo.

La habitación se volvió más luminosa, atrayendo nuestra atención hacia la escena exterior. El sol había aparecido a través de un claro entre las nubes. Rayos de luz se reflejaban en la bahía, formando charcos de agua dorada. Como sorprendido en el acto de mirar por la ventana, el sol desapareció y las nubes se juntaron nuevamente.

—Qué espectáculo tan genial para nuestra primera cita, Ty.

—Sí, es un buen augurio ver un rayo de luz entre las nubes.

El sol se asomó entre las nubes durante la siguiente hora, cada vez con una apariencia diferente en sus colores y estados de ánimo. Terminamos el postre y Ty pagó la cuenta. Salimos del restaurante y caminamos hacia el embarcadero del ferry. Las calles estaban repletas de hoteles, restaurantes, tiendas, oficinas inmobiliarias, panaderías y bares. La gente del verano se sentaba en bancos, comía cucuruchos de helado, brillaba con bronceados y mentes descansadas.

—Hay un muelle para botes más allá del embarcadero del ferry. Podemos sentarnos allí y observar el tráfico marino y las luces en Long Island por un rato. Es demasiado pronto para volver —Ty me guio en esa dirección.

—¿No nos llevará mucho tiempo regresar? —pregunté, volteándome para mirarlo.

Ty estaba escaneando el cielo y olfateando la brisa.

—Se está poniendo feo —respondió—. Volveremos en el taxi acuático, ¿de acuerdo?

—Claro —asentí mientras nos volvíamos del malecón hacia el puerto deportivo con sus pasillos de embarcaderos.

—Esta noche hay mucha gente en el muelle —observó Ty —. El pronóstico del tiempo debe ser malo.

Miré los barcos a lo largo del muelle.

—¿Por qué esas lanchas a motor tienen esas torres en la parte superior con todos esos dispositivos? No sé cómo llamarlos.

—Esas son torres atuneras con aparejos para la pesca del atún. Los estabilizadores…

La voz de Ty fue ahogada por el sonido ensordecedor de un motor tan poderoso que podía sentirlo vibrar desde los dedos de los pies hasta el pecho. Nos volvimos para ver la forma alargada y amenazadora de una lancha de carreras que se detenía en un embarcadero cerca de la entrada del puerto deportivo de la ciudad. Dos hombres sujetaron el barco al muelle con un cabo, mientras un tercero saltó al muelle con un paquete de cartón marrón en la mano.

Nos abrazamos y nos dimos cuenta de que se trataba de uno de los hombres de la cabaña. Instintivamente, nos agachamos detrás de la proa que sobresalía de un barco cercano. La lancha de carreras se alejó del muelle tan rápido como llegó.

—Vamos a seguirlo —le siseé al oído a Ty. Corrimos hacia la entrada del puerto deportivo justo a tiempo para ver al hombre caminando rápidamente en dirección al embarcadero del ferry. Corrimos para alcanzarlo, reduciendo la velocidad sólo cuando estábamos cerca, con la esperanza de no llamar demasiado la atención. Comenzó a dolerme el costado. ¡Esto no hay que hacerlo con el estómago lleno!

El vecino se dirigió directamente hacia la multitud en el muelle del ferry. Los últimos pasajeros estaban abordando el ferry, que partiría de inmediato. Nuestro amigo arrojó el paquete a un hombre en la cubierta inferior del ferry, riéndose mientras el otro hombre se esforzaba por atraparlo.

—Oiga, tenga cuidado, señor —protestó el revisor, que era un chico de mi edad.

—Oh, lo siento, es solo algo que olvidó llevarse al continente —El vecino saludó y se dirigió hacia nosotros.

—Espero que no nos reconozca, Ty —jadeé. Ty me agarró y me rodeó con un abrazo de oso justo cuando nuestra presa pasaba junto a nosotros. Abrí el único ojo que Ty no tenía tapado y vi pasar al hombre. Estaba lanzando un llavero al aire. Cuando lo hizo por segunda vez, algo extraño hizo clic en mi cabeza. Era como si supiera su nombre y acabara de recordarlo. Pero volvió a desaparecer con la misma rapidez. El hombre se alejó. Ty dejó de abrazarme.

—No hagas eso cuando no puedo prestarle toda mi atención —dije, fingiendo estar molesta.

—Está bien —dijo Ty amablemente—. Ahora presta atención —Esta vez me besó. Me deslicé por la pendiente de la montaña rusa y di dos vueltas completas, quedando boca abajo. Cuando me detuve, no sabía dónde estaba.

—¿Prestaste atención esta vez, Annie?

Apreté los labios, pero no se me ocurrió nada que decir. Estaba ocupada revisando mis signos vitales.

—¿Viste a dónde fue? —preguntó Ty.

—Sí, está en el bar de allí. ¿Deberíamos esperarlo?

—No, es tarde. Nadie sabe dónde estamos. Podría estar allí toda la noche. Necesitamos llegar a casa a tiempo para darle las buenas noches a Doc.

Ty tenía razón. El viento levantaba pequeños casquetes blancos en la bahía y la brisa traía una niebla húmeda e incómoda.

—Será mejor que nos pongamos en marcha antes de que dejen de circular los taxis acuáticos —instó Ty.

Tomamos el taxi y nos acomodamos en un asiento bajo de madera con otras diez personas. Tenía frío y me acurruqué más cerca de Ty. Metí las manos en el bolsillo de mi abrigo, con la esperanza de quitarme el frío. Mis dedos golpearon un pequeño objeto metálico. Curiosa, lo saqué y lo reconocí inmediatamente como el agarre del arete que había encontrado anoche en el túnel.

De repente, un pensamiento me golpeó con tanta fuerza que comencé a ponerme de pie, conteniendo el aliento.

—¿Qué te pasa, Annie? —Ty tomó mi mano alarmado.

—Creo que esta pieza pertenece al arete de J. Ya sabes, el que encontré fuera de la cabaña.

Busqué su rostro para ver si entendía mi miedo sin aliento.

—¿Estás segura, Annie? —preguntó Ty— ¿No son todos iguales?

—No lo sé con seguridad, Ty. Podré decirlo cuando regresemos a *Windalee*. Es sólo que tengo un terrible presentimiento sobre esto. ¿Por qué estaba J en el túnel?

Me recosté mientras el taxi acuático arrancaba, deseando poder transportarnos instantáneamente a mi habitación para ver si el agarre hacía juego con el arete.

—Ty, ¿no encontraste algo terriblemente familiar en nuestro amigo de la lancha de carreras?

—Umm, sí, desde la primera vez que lo vi.

—Algo en él me sigue molestando. Ojalá pudiera decir qué es.

Ambos miramos hacia adentro, Ty por encima de mí.
Había un bulto grande en el suelo. Era una persona.

Capítulo 12

Los fisgones

Corrimos desde el embarcadero del ferry, donde nos dejó el taxi acuático, hasta *Windalee*. Tenía que averiguar si el agarre que llevaba en el bolsillo encajaba con el arete de J.

—¿Tienes una lupa? —resoplé mientras trotaba, tratando de ignorar la punzada en mi costado.

—Sí, voy a buscarla. Te veré en tu habitación.

Corrí a mi habitación y abrí la cómoda. El arete descansaba en un plato pequeño. Mientras intentaba levantarlo, me temblaban tanto las manos que decidí sentarme en la cama para recuperar el aliento. No quería perder el arete.

Ty cerró de golpe la puerta mosquitera y sus rápidos pasos se dirigieron a mi habitación.

—¿Encaja? —dijo tan pronto como me vio.

—No lo intenté todavía. Me temblaban demasiado las manos. Intentémoslo ahora.

Ty sacó la lupa. Me levanté y coloqué el arete sobre la colcha. Luego, saqué la piecita de agarre del bolsillo y la coloqué junto al arete. Nos arrodillamos en el suelo, apoyados en la cama, como dos niños rezando sus oraciones antes de dormir. El agarre encajaba perfectamente en el arete de J.

—¿No tienen todos los aretes el mismo tamaño en el agarre?

Negué con la cabeza.

—No, no existe un tamaño estándar. Pero sólo porque esto encaja no significa que sea el que le corresponde. Por eso necesito la lupa. El joyero que hizo este arete deja su marca en todas sus piezas. Una corona diminuta.

Ty fue a la mesita de luz para acercar la lámpara. Quitando la pantalla, la sostuvo directamente sobre mí, mientras yo estudiaba la pequeña pieza de metal.

—¡Lo veo! —susurré—. Ty, ¿cuáles son las posibilidades de que este arete pertenezca a otra persona? Mira —siseé, entrecerrando los ojos a través del cristal.

Pude ver la marca del joyero en la pequeña pieza de metal que ahora se ajustaba firmemente contra el arete. También pudimos ver una pequeña cresta que tenía la longitud del perno del arete y cómo encajaba en la ranura correspondiente en la parte posterior del arete.

Me senté en la cama, el pánico subiéndome por el cuello y las mejillas.

¿Cómo había perdido J su arete? ¿Por qué en dos lugares diferentes? Se me secó la boca por el miedo que ahora me recorría las venas. Algo estaba terriblemente mal.

—Tal vez obtengamos algunas respuestas esta noche —dijo Ty, sentándose a mi lado y abrazándome.

—Estoy aturdida, Ty. Sé que algo anda mal. J no pierde cosas. Además, ya tendría que haber llamado.

Nada podía impedirme intentar averiguar qué estaba pasando en casa de los vecinos. Todo apuntaba hacia allí: el fantasma, el túnel y el arete. Me endurecí. No podía ceder a mi miedo ahora. Debía actuar.

—Vamos a hacer nuestra farsa para Doc —dije, devolviéndole la lupa a Ty.

Doc estaba en la cocina de la casa principal, sentado a la mesa con algunos papeles.

—¿Qué piensan hacer ustedes dos esta noche? —preguntó, mirándonos por encima de sus anteojos de lectura.

—Hay una película que queremos ver en la televisión —respondió Ty.

—Bueno, cierren cuando hayan terminado. Me voy a la cama muy pronto —Doc volvió a su papeleo.

"Bien", pensé, "no tendremos que esperar más que él. Son las 11:30. Estaremos allí con tiempo suficiente para encontrarnos con Alice".

Ty encendió la televisión y pasamos quince minutos agonizantes viendo un antiguo thriller de ciencia ficción sobre extraterrestres que se apoderaban de las violetas africanas en Brasil. Doc se fue a la cama, chasqueando la lengua y sacudiendo la cabeza ante nuestra elección de película.

A las 00:30, la luz del Doc se apagó. Dejamos una luz de noche encendida en mi pasillo y Ty colocó algunas almohadas en su cama para que pareciera que estaba durmiendo. Cerramos la casa.

—Es bueno que Merlín se acueste con Doc —susurré.

Ty me arrojó un buzo oscuro y se puso otro.

—Camuflaje —fue su explicación de una sola palabra. Salimos de *Windalee* pegándonos al edificio y a los arbustos siempre que fue posible.

Nos deslizamos entre las sombras de los pinos azotados por el viento que bordeaban el paseo marítimo, derritiéndose como caramelos de miel bajo la lluvia. Mi corazón latía con fuerza en mis oídos.

—Ty, ¿estás seguro de que estamos haciendo lo correcto? —susurré.

—Ya es demasiado tarde para pensar en eso. Alice nos está esperando. No te estás arrepintiendo, ¿verdad? —bromeó.

—No, yo no. Sólo te estaba poniendo a prueba —fue mi respuesta, alterada por la euforia que acompañaba a mi miedo.

Apenas podíamos ver la familiar curva en el paseo marítimo que indicaba nuestra cercanía a la cabaña.

—Salgamos del malecón y busquemos un lugar para esperar a Alice donde no nos puedan ver— dije.

—Me gusta su forma de pensar, señorita Annie —repuso Ty—. Además, saldremos de este viento. Espero que terminemos aquí antes de que llegue la tormenta, o terminaremos empapados—. Saltando a las dunas, extendió la mano para ayudarme a bajar.

Agachándonos en un hueco, nos acomodamos en un lugar desde donde podíamos observar el tráfico que venía de ambas direcciones. También teníamos una buena vista del frente de la cabaña.

Miré mi reloj. Ya eran las 12:50. Alice estaría allí en los próximos quince minutos... si todo iba bien. Me pregunté si habría podido tomar las medidas para determinar dónde llegaba nuestro túnel en relación con el acto de desaparición de la Madonna Fantasma.

—Mi pierna se está quedando dormida —se quejó Ty. Los minutos pasaban. Eran las 1:15. Nada de Alice.

—¿Dónde está? —siseé en el oído de Ty. Él respondió:

—Voy a mirar un poco alrededor. Quédate aquí. Puede que esté cerca, escondida como nosotros.

Antes de que pudiera protestar, ya se había ido. Esta experiencia realmente me estaba enseñando lo que significa estar conectado. Cuando Ty finalmente apareció tres minutos después, sentí ganas de gritar.

—No hay señales de ella —dijo mientras se acomodaba nuevamente en nuestro escondite—. Algo debe haberla retenido.

—O decidió no presentarse.

Se me ocurrió otra idea.

—Espero que no le haya pasado nada, Ty.

—Yo también. Pero sentarse aquí no ayuda en nada. Echemos un vistazo a los vecinos.

—Shhh —siseé en el oído de Ty. Se oyeron pasos en el paseo marítimo. Nos acurrucamos juntos, haciendo todo lo posible para que no nos vieran. Los pasos se alejaron, su ritmo ligeramente familiar.

—¿Quién era ese? —susurré.

—No lo sé. Pero ya se fue —respondió Ty, agarrando mi mano.

Salimos de nuestro escondite, tratando de mantener la cabeza por debajo del nivel del malecón hasta que pudimos ver que no había moros en la costa. Estaba muy tranquilo. Aquí, al amparo de los árboles, incluso el viento emitía apenas un leve zumbido. Se me erizaron los pelos de la nuca.

Nos subimos a la pared y pasamos al otro lado. En dos segundos estuvimos en el patio de la cabaña, que se acurrucaba en su hueco como un gran oso dormido, oscura, silenciosa y quieta. Ty tomó mi mano, señaló la ventana más cercana a nosotros y luego hizo un gesto amplio que abarcaba el edificio. Asentí, dándome cuenta de que quería que revisáramos las ventanas. Asentí de nuevo.

Algo seguía molestándome. Mi cerebro examinaba el entorno y encendía una luz roja de advertencia, pero no podía determinar qué era lo que estaba alimentando mi inquietud. Lo atribuí a que no estaba hecha para ser una fisgona.

Los dos primeros lados de la casa obligarían a forzar la entrada como la única forma posible de tener una idea de lo que había dentro.

Cuando doblamos la esquina hacia el tercer lado, un destello de luz brilló desde una grieta junto a una ventana. Acercándome a ella, tomé conciencia de lo que estaba mal. No había grillos, ni sapos, ni ningún sonido normal. El ruido más fuerte era el de las olas, azotadas por un fuerte viento, en la playa debajo de nosotros. La luz se filtraba a través de un espacio donde la persiana no llegaba al costado de la ventana. Ambos miramos hacia adentro, Ty por encima de mí. Había un bulto grande en el suelo. ¡Era una persona! Qué posición más extraña para dormir.

Estaban durmiendo, ¿no? Ah, ya veo. Tenía las manos atadas a la espalda. Las manos. La forma de la cabeza. Mi mente finalmente lo captó todo. ¡Habíamos encontrado a J! Estaba atada en el suelo de la cabaña. Abrí la boca para llamarla y estaba a punto de tirarme contra la ventana cuando algo zumbó a mi lado.

Sentí que un brazo fuerte me levantaba del suelo y me agarraba por detrás.

—No, no... —una mano se cerró sobre mi boca.

—Lucha, perra, y te liquido —gruñó mi captor. Me quedé flácida. Por el rabillo del ojo, pude ver a Ty colgado sobre el hombro del vecino corpulento, con el pelo oscuro y lacio sobre su rostro.

—Vamos a caminar hasta el puerto deportivo para buscar el barco —continuó mi captor—. Vas a caminar por tu cuenta y vas a recordar que te volaré los sesos después de que te obligue a verme hacer lo mismo con el Príncipe Azul si haces un movimiento en falso.

Asentí, pensando que debía intentar recordar cada detalle de este hombre. La tía J me había metido eso en la cabeza. "Si alguna vez alguien intenta hacerte algo raro, Annie, trata de recordar cada detalle sobre ellos".

La imagen de J en el suelo de la cabaña llenó mi mente. "Debo salir de esto para volver y ayudarla", pensé.

El otro captor dejó a Ty en la arena. Ty comenzó a moverse. Se puso boca arriba y me miró. Negué con la cabeza.

—Levántate —le ladró mi captor a Ty—. Y no intentes nada, o los sesos de tu novia quedarán esparcidos por toda la playa.

Ty se puso de pie y nuestro captor nos ató las manos a la espalda.

—Empieza a caminar hacia el oeste —gruñó el otro. Era el hombre que habíamos visto entregando el paquete en el ferry esa misma tarde.

Mi captor era sólo unos centímetros más alto que yo. Era muy musculoso y tenía el pelo largo y oscuro. No pude ver su cara. Tenía un tatuaje en el brazo izquierdo, pero no podía ver su diseño en la oscuridad. Ni siquiera estaba segura de que fuera un tatuaje. El otro era alto. No era estadounidense, al menos no había nacido aquí. Su inglés era bueno, pero su acento era muy pronunciado. Tampoco parecía que hubiera aprendido inglés en este país.

Mi captor era un neoyorquino y su acento era tan familiar como la palma de mi mano.

Caminamos rápidamente. El viento nos azotaba y la lluvia comenzaba a caer en ráfagas. El oleaje golpeaba y un relámpago partió el cielo por el oeste.

Mi mente recorrió las opciones de escapar. Aquí en la playa no teníamos ninguna posibilidad. El ruido del oleaje ahogaría incluso los disparos. El puerto deportivo podría darnos una mejor oportunidad. Alguien podría haber bajado a comprobar la situación de su barco antes de la tormenta. No había más remedio que seguir adelante y mantenerse alerta.

Finalmente llegamos al puerto deportivo. No había nadie. Ni siquiera una gaviota. En unos pocos minutos estábamos a bordo del *Star*.

—Nos llevarán al continente, chicos. Nada de cosas raras. Sé navegar, pero no puedo hacerlo y además vigilarlos — Mientras decía esto, se le cayó al suelo un llavero. ¡Era el llavero de J! Eso era lo que me había molestado de él esta tarde. El llavero era lo que había reconocido. Por alguna razón, esto me enojó más que cualquier otra cosa.

No pude contenerme más.

—¿Qué vas a hacer con mi tía?

Parecía desconcertado.

—La mujer que está atada en la cabaña —agregué.

—¿Ella? —se rio "El Tatuado"—. Después de esta noche, sus registros dentales van a coincidir cuando revisen lo que quede entre las cenizas. Ese es el precio por husmear en lo que no te importa.

Quizás no fue la tía J a quien vi. Esto no podría ser real. Pensé en levantarme y disculparme para volver a *Windalee* y dormir un poco.

—¿Qué pasa con ustedes? ¿Por qué tienen a mi tía?

—Sabe demasiado sobre nosotros. Podría arruinar nuestras posibilidades de hacer lo que vinimos a hacer. Tenemos grandes planes para tratar con tu gobierno —Nuestros captores se estaban impacientando.

—¿Mi gobierno? —Ty casi explota—. ¿Ustedes no son estadounidenses? ¿Qué problema tienen? —ambos estábamos ganando tiempo.

"El Tatuado" se burló, secándose la nariz con la muñeca, la que tenía el arma. Si tan solo pudiera agarrarlo.

—Somos estadounidenses sólo de nombre, por lo que podemos alquilar casas y automóviles y no ser interrogados sobre otras transacciones comerciales. Nos facilita obtener las cosas que necesitamos.

—¿Necesitar' ¿Qué necesitan hacer? —dijo Ty.

—Su gobierno ha encarcelado a algunos de nuestros hermanos, cuyo único delito es haber trabajado por la liberación de nuestro país. Actuamos en su nombre.

"Larguirucho" acercó su rostro al de Ty, y burlándose de él dijo:

—¿No te parezco familiar?

—Sí, vagamente. Pero apuesto a que nos movemos en círculos diferentes —respondió Ty.

—No tan diferentes. Conoces a mi padre.

Ty miró duramente a "Larguirucho".

—¿De qué estás hablando?

Con evidente satisfacción, "Larguirucho" continuó.

—Sí. El Profesor Taled. Hiciste su curso de Filosofías de Medio Oriente. Solías asistir a seminarios en nuestra casa.

Los ojos de Ty se entrecerraron mientras intentaba poner todo esto junto.

—Es cierto. Tu foto estaba en su escritorio. Por eso nunca me hablaste en la cabaña. Tu amigo era el que siempre venía a la puerta.

—¡Bingo! —"Larguirucho" tenía talento para el sarcasmo.

—Yo entendí el punto de vista de tu padre sobre las antiguas civilizaciones de Medio Oriente, pero no parecía un terrorista.

—Oh, no lo es. Mi hermano tampoco. Ellos son la razón por la que nuestra causa no se toma en serio. No luchan por ello. Yo veo las cosas de manera diferente. Creo que el cambio sólo puede venir con violencia. La violencia deja las cosas claras.

—Tu padre es un hombre pacífico. Esto lo va a matar —Ty sacudió la cabeza.

—Algún día él lo verá a mi manera —"Larguirucho" parecía tener mucha confianza en algo que no podíamos comprender.

"El Tatuado" se acercó, agitado.

—¡Llamaremos la atención de su gobierno con lo que estamos planeando y nuestros hermanos, uno de los cuales es mi verdadero hermano, serán libres de continuar la lucha!

—Pero nuestro gobierno… —comencé.

—¡Cállate la boca! —gritó "El Tatuado", pateando la parte posterior de mis rodillas para hacerme caer.

Ty se abalanzó sobre él y recibió el mismo trato por sus esfuerzos. Nos pusimos de pie con dificultad, escupiendo arena de la boca y avanzamos hacia el *Star*, ayudados por otro empujón.

—No se puede navegar este barco en esta tormenta — interrumpió Ty—. Es demasiado peligroso.

—No creo que tengas una idea real de lo que es peligroso, chico. Cállate y vámonos. ¡Sin motor, por favor!

"Larguirucho" soltó las líneas y salimos volando del embarcadero, golpeando los pilotes a medida que avanzábamos. El último golpe me dio una idea en la cabeza. Cuando saliéramos a la bahía, tal vez podríamos tirar a uno de estos tipos por la borda. Tenía que volver con J.

—Nunca te saldrás con la tuya matando a mi tía. Ella es policía —Necesitaba hacerlos hablar. Seguí pensando que cuanta más información pudiera sacar de ellos, más ideas podría obtener sobre cómo alejarme de ellos. Quizás a tiempo para salvar a J.

—Ella estaba husmeando lo que no le importa. Sabemos que es policía. Tampoco será la primera policía muerta.

"Larguirucho" intervino.

—Ella sabe demasiado sobre nuestra operación. No podemos permitirnos que se corten los suministros a nuestra gente en las fábricas de bombas...

Un zumbido en mi cabeza me impidió escuchar el resto de la conversación.

¡Fábricas de bombas! Me quedé atónita por la revelación. Iban a hacer realidad sus palabras sobre la violencia. ¡Eran terroristas! El vago sentimiento de irrealidad ya no era vago a medida que estos pensamientos se formaban y asimilaban. Gradualmente, me di cuenta de que tampoco nos dejarían vivir a Ty y a mí. Nuestra única posibilidad era perderlos de algún modo en la bahía.

Ty gritó desde el timón:

—Si no quieres usar el motor, alguien tiene que levantar la vela principal.

El hombre bajito me empujó:

—Ayuda a tu novio. Nada de cosas raras.

Aparté mi brazo.

—Él tiene que decirme qué hacer. Nunca antes había navegado —Antes de que pudiera decir algo, pasé a Ty camino al mástil. Hizo un gesto hacia el mástil—. Simplemente tira con

todas tus fuerzas y amarra la driza cuando hayas terminado —
sonrió.

"¿Por qué diablos está sonriendo?" pensé, soltando la
cubierta de la vela y la cuerda de choque que mantenía la vela
mayor en su lugar. Envolví la driza alrededor del cabrestante y
comencé a tirar. Con la vela aproximadamente a un tercio de su
altura, me di cuenta de que estaba completamente cubierta por
la vela que se agitaba salvajemente. Colgué todo mi peso en la
driza y pronto me encontré ondeando alrededor del mástil con
la vela. "Ty está haciendo esto a propósito", pensé.

Cuando tuve esta revelación, Ty apareció entre los
pliegues de la vela, haciendo movimientos para desenredarme a
mí y a la driza. El ruido era ensordecedor cuando el viento
aullaba, la vela ondeaba y los herrajes metálicos de la vela y la
driza golpeaban el mástil de aluminio. Ty me miró fijamente y
dijo:

—Nuestra única posibilidad es salir a toda vela. Con este
viento, eso hará volcar el barco. Con suerte, se hundirá y
podremos nadar hasta la orilla. Usa uno de los almohadones de
los asientos como salvavidas. No nos dejarán usar chalecos.
Sólo sigue mirándome. Es nuestra única oportunidad.

De repente, la vela se izó cuando uno de nuestros captores
accidentalmente giró el barco en la dirección correcta.

—Qué idiota— dijo Ty.

Regresamos a la bañera y tomamos el control.

—Annie, toma el timón y ponlo a 270° cuando llegue al estay de proa para levantar el foque.

Hicimos un trabajo de precisión. Ty corrió por la cubierta, agarrándose a las cuerdas salvavidas y tomó el timón.

—¡Agárrense fuerte! —dijo a todos en la bañera. Nuestros dos captores simplemente nos apuntaron con sus armas con más diligencia.

Ty atrapó el viento y el *Star* se afirmó sobre las olas. Cada una de las líneas se tensó. El barco crujió siniestramente y el viento empezó a cantar y zumbar a través de la vela. Todos se prepararon, mientras el barco se escoraba a estribor.

Seguimos así, atrapando ráfagas cada pocos minutos, que cubrían la borda de estribor durante uno o dos minutos. Las líneas vibraban con la tensión. Vi que la escota del foque comenzaba a deshilacharse y los cabrestantes se deslizaron unos centímetros.

Estábamos empapados. Las luces de Isla del Fuego se habían perdido en unos tres minutos y las luces de Long Island estaban más allá de nuestra visibilidad a través de las negras cortinas de lluvia que se extendían frente a nosotros. No recuerdo respirar. De vez en cuando me aferraba a los almohadones del banco de la bañera.

Miré y miré, esperando ver una luz desde la orilla. Algún lugar hacia donde nadar cuando la tormenta finalmente nos arrojara al agua.

Capítulo 13

La tormenta

Observé cómo los últimos hilos de la escota del foque se agitaban libres.

La gran vela pareció alejarse de mí en la curvatura nueve y se detuvo con un fuerte chasquido en la zona turbia y envuelta en niebla de la proa. El *Star* se inclinó hacia babor con la repentina liberación del viento de esa vela, tomando a nuestro captor con la guardia baja. Ty se alejó aún más del viento. El barco volvió a escorarse a estribor, lo que hizo que Benitín y Eneas perdieran el equilibrio nuevamente.

Con el foque perdido del lado de estribor del barco, tenía una vista sin obstáculos desde la bañera. Me pareció ver una luz titilando en la distancia, pero podría ser solo lluvia o un rayo. No, ahí estaba otra vez. Parecía estar quieta. Me di cuenta de que Ty también la había visto. Me miró. Nuestros captores habían recuperado sus asientos y ahora tenían un arma apuntada al costado de Ty.

Justo en ese momento, una ráfaga llenó la vela principal y el estay de proa se rompió con un increíble sonido vibratorio que pude sentir resonar en mi columna. El mástil se balanceó y, como en cámara lenta, pareció caer hacia nosotros. Brillaron relámpagos y una segunda ráfaga, peor que la primera, azotó la vela principal. El mástil se salió de su soporte y cayó por el lado de estribor. Todos nos quedamos mirando asombrados.

El *Star* avanzó con dificultad bajo el peso de las dos velas que se arrastraban. Ahora podía ver muchas luces parpadeantes. Estábamos muy cerca de la costa. Hasta aquí llegó lo de hundir el barco en la bahía. Ty estaba luchando con el timón. Me levanté para ayudarlo. El piso de la bañera se desplomó debajo de mí y mi mundo se iluminó con luces intermitentes cuando mi cabeza se estrelló contra el mamparo de la cabina. Lo último que vi fue una pistola cayendo hacia la cabeza de Ty.

El espectáculo de luces disminuyó, mientras la lluvia torrencial y el agua en la bañera me devolvieron a la realidad. Me levanté, luchando contra las náuseas de mi cabeza rota. Ty yacía pálido, de cara al otro lado de la borda. Pero nuestros captores no estaban. El agua corría por el lado de babor y grité:

—¡Ty, despierta, el barco se está hundiendo!

Le salpiqué agua en la cara y finalmente lo desperté. Sentándose muy erguido, gruñó de satisfacción. El terror lo devolvió rápidamente a la realidad.

—No podemos hundirnos, Annie. Conozco este lugar. Estamos justo al lado de un antiguo muelle pesquero. Creo que chocamos contra un pilote sumergido. Pero mira. ¿Ves cómo ese cable del lado de estribor se está tensando? Estamos enganchados a algo. El *Star* no irá a ninguna parte. Tendremos que nadar hasta la orilla. Toma un almohadón. El viento y las olas nos arrastrarán hasta el muelle. Doc me va a matar. ¡Mira el *Star*!

—Caramba, Ty. Me parece que Doc tendrá que hacer fila detrás de los que nos atraparon hoy. No puedo creer que esos tipos no nos dispararan.

—Supongo que pensaron que nos ahogaríamos porque el barco se hundiría antes de que recuperáramos el conocimiento. Busquemos a la policía. Quizás todavía podamos ayudar — dijo, ayudándome a entrar al agua. Mi ánimo se elevó cuando subimos al muelle y vimos el teléfono público al final de un estacionamiento lleno de baches.

—911 —gritó Ty al teléfono.

Agarré el teléfono.

—¡Por favor, mi tía! —grité y finalmente me derrumbé—. ¡Está atada! ¡Van a quemar la casa! Por favor, adviértales.

Ty recuperó el teléfono. Dijo quiénes éramos. Dio el nombre y el número de Doc en la isla. Habló de J. Después de unos segundos, me entregó el teléfono.

—¿Tienes su número de placa o algo así?

Tomé el teléfono y di suficiente información como para llevar a J a una reunión del Estado Mayor Conjunto en el Pentágono. Conté que habíamos visto a J a través de la ventana mientras husmeábamos en la cabaña y que nos habían secuestrado, pero escapamos.

—Espere, señorita Tillery. Ahora que el viento está amainando, la policía del condado de Suffolk está preparando un helicóptero para recogerlos. Ya recibimos todos los puntos del Sr. Egan. Quédense donde están.

No me había dado cuenta, pero ya no llovía, el viento había cesado y unas cuantas estrellas aparecieron en los huecos de las nubes. Estaba insensible a toda sensación excepto a la obsesión por salvar a J.

Por fin, el zumbido del rotor del helicóptero apenas precedió a la luz cegadora de su luz estroboscópica. La nave identificó el estacionamiento, aterrizó y nos subió a bordo. La orilla desapareció y vislumbré el *Star*, una masa de cables, velas rotas y cabos.

Mientras nos acercábamos a Isla del Fuego, vi el brillo naranja brillante de un fuego. Grité y Ty me agarró.

—Llegamos demasiado tarde —comencé a gritar—. J está ahí —La desolación me aplastó. Había fracasado.

—Tal vez no. Quizás ella salió —dijo Ty sin convicción.

Apenas el helicóptero tocó tierra en el muelle del ferry, nos alejamos de los rotores hacia el pequeño grupo de figuras que esperaban. A medida que nos acercábamos a ellos, identifiqué una forma familiar.

—Teniente Red —sollocé—. J, J está en el fuego. Por favor, ayúdame a salvarla— grité mientras tiraba de él.

Sus grandes manos me agarraron por los hombros.

—Annie, la sacamos. La trasladaron en avión al Hospital Good Samaritan. ¡Ella está viva!

Me senté en el suelo, sollozando de alivio. Alguien me puso una chaqueta sobre los hombros. Escuché una suave conversación detrás de mí, pero no pude entender lo que decían.

—¿Estará ella bien? —me atreví a preguntar, mientras el pánico se apoderaba de mi corazón nuevamente.

—Eso creo, Annie. Estamos esperando que el barco de la policía nos lleve al hospital.

—¿Cómo la encontraron? —pregunté, empezando a darme cuenta de que debía estar perdiéndome partes enteras de lo que había sucedido para salvar a J.

—Te contaré en el camino. Tu papá nos espera en el hospital —dijo Red.

Ty me rodeó con el brazo mientras yo miraba de un rostro serio a otro. Esta vez, no pude reunir el coraje para volver a preguntar si J estaría bien.

Capítulo 14

El secreto de los vecinos

—Aquí tienes chocolate caliente —dijo uno de los agentes de policía del condado de Suffolk—. Ambos pueden usar la sala de emergencias —añadió. Un paramédico apareció de alguna parte y se puso a curar las heridas de la cabeza de Ty.

—Tienes conmoción cerebral, amigo. Esa es mi suposición —Me entregó una bolsa de hielo y me dijo—: Pon eso en tu frente. Intentaremos bajar la hinchazón.

Empecé a llorar de nuevo, temblando involuntariamente de modo que el chocolate se derramó de la taza.

—¿Dónde está Alice? —solté, recordando de repente que ella nunca había aparecido.

—Ella también está en el hospital —informó Doc.

"Parece que los malos querían acabar con todos nosotros", pensé, temblando. A pesar de mí misma, la curiosidad se apoderó de mí. Comencé a interrogar al doctor. Red fue a ver el barco.

—¿Qué le pasó? —quise saber.

—Alice llegó temprano a la cabaña para su expedición de espionaje —explicó Doc, dirigiéndonos una mirada acusatoria. Miré mi chocolate caliente, tímidamente.

—Vamos, Doc —dijo Ty débilmente—. ¿Dónde habría acabado esta situación si no hubiéramos decidido husmear?

—Quizás habría menos víctimas si hubieras acudido a mí —dijo Doc con severidad.

—Pero tú nos alejabas de los vecinos —protestó Ty—. Creímos que no me escucharías.

—¿Qué le pasó a Alice? —insistí, tratando de superar este pequeño e incómodo intercambio.

—Alice vio a Jill a través de la ventana de la cabaña, lo mismo que tú —comenzó Doc.

—¿Cómo sabes que la vi? —interrumpí.

—Le dijiste a la policía y ellos nos informaron mientras volabas hacia aquí. He estado en contacto constante con ellos desde que Alice me informó.

—De todos modos, reconoció a Jill y regresó a la Casa de Cristal para llamarme.

—No sé por qué no vino directamente a *Windalee* —reflexionó—. Tal vez pensó que podría toparse con los vecinos. Me dijo que se habían ido cuando vio a Jill por la ventana.

—¿Por qué no sacó a Jill entonces? —pregunté, impaciente.

—Alice no es ninguna tonta, Annie. No tenía forma de saber si tus amigos volverían mientras ella estuviera dentro —reprendió Doc.

—De camino a casa, se atrapó el pie en un agujero en el paseo marítimo cerca de la Casa de Cristal. Su tobillo tiene un esguince o está roto. Se arrastró hasta su casa y me llamó. Y yo fui a la cabaña.

Se encendió una luz en mi cabeza. ¿Los pasos? ¡Eran muy familiares porque eran de Doc! Él cojea.

—Cuando salí de *Windalee*, vi dos cuerpos bastante voluminosos deslizándose hacia alrededor de la cabaña. Decidí llamar al teniente Red y a tu padre primero y luego ir de la Casa de Cristal.

—¿Por qué mi padre? —pregunté.

—Tu padre sabía del trabajo encubierto de tu tía aquí en la isla. De hecho, fue una pista suya la que nos puso sobre los vecinos.

—¿Qué trabajo encubierto? —pregunté, sintiéndome confundida, como si hubiera llegado a la historia equivocada.

El teniente Red se acercó a nosotros en ese momento. Ayudándome a ponerme de pie, nos instó a continuar:

—El barco está aquí, amigos. Vamos.

Aunque Ty protestó, lo pusieron en una camilla mientras yo hablaba con Doc. Con una mezcla de anticipación y temor, me sacudí un mareo momentáneo y traté de estabilizar mis pies mientras nos apurábamos hacia lancha policial.

—Teniente Red, ¿qué trabajo encubierto estaba haciendo Jill? ¿Por qué nadie me lo dijo?

—Si alguien te lo hubiera dicho, Annie, no habría sido un trabajo encubierto —respondió, rodeándome con un brazo—. Es lo que ella hace, Anne Tillery. Por lo general, está bien protegida. Esta vez subestimamos al enemigo.

—Aún no me has dicho qué estaba haciendo —me quejé.

—Los hombres que la capturaron son miembros de un grupo terrorista. Reciben envíos de materia prima aquí en la isla para una fábrica de bombas en la ciudad. Jill se hacía pasar por un contacto entre los hombres de la cabaña y el proveedor de explosivos.

Mi cabeza pareció aclararse cuando las cosas encajaron.

—Sí, los dos canallas en el barco dijeron que J sabía sobre una fábrica de bombas —Enterré mi cabeza en su gran hombro —. Ella podría haber muerto —sollocé—. ¿Por qué hace estas cosas peligrosas? —pregunté, principalmente para mí misma. Sabiendo la respuesta, levanté la cabeza para mirarlo a los ojos —: Va a vivir, ¿no? —supliqué.

El teniente Red me apretó con más fuerza y respondió:

—Lo sabremos en unos minutos.

La lancha se abrió paso a través de la bahía, todavía agitada por la resaca. Al otro lado esperaba un coche patrulla. Sentí que estaba viendo todo el drama desde algún lugar fuera de mí.

Ty fue llevado rápidamente a una sala de emergencias, mientras Doc, el teniente Red y yo buscábamos información.

—La Unidad de Cuidados Intensivos está al final de ese corredor, a la derecha.

El teniente Red abrió las puertas dobles de la Unidad de Cuidados Intensivos. La enfermería ocupaba el centro de un área poco iluminada, una isla de luces. Las enfermeras alternaban sus miradas entre el papeleo y un banco de monitores que emitían pitidos y mostraban números y líneas onduladas.

El teniente Red mostró su placa y pronunció el nombre de Jill con brusquedad. "Contrólate", me dije. "No es momento de desmayarse", pensé. Mientras la luz de la habitación se atenuaba y se iluminaba, mi mente intentó desesperadamente rechazar hacia dónde la llevaba mi cuerpo.

—La teniente Tillery ya respira por sí misma —informó la eficiente voz detrás del escritorio. Reprimí el impulso de preguntar quién respiraba por ella antes, cuando comprendí la importancia de esa última declaración. Miré del teniente Red a la enfermera para ver si realmente había escuchado lo que ella había dicho. Su mirada era confiada y reconfortante. Él sonrió ampliamente, apretándome. Por fin pude hablar.

—¿Dónde está?

—Estoy aquí —gruñó J desde un cubículo a la izquierda. Su voz era débil por el humo que había inhalado.

—¿Por qué tardaste tanto, Annie? —bromeó. A pesar de su comentario, tenía un aspecto horrible. Labios agrietados, el cabello lacio, moretones debajo de los ojos.

—Estás castigada, J. ¡Eso es todo! No más excusas. No más oportunidades —bromeé para no llorar delante de ella.

—Está bien, Annie. Voy a estar bien, según estas amables personas.

—Tienes un aspecto terrible, J. Sólo porque seas policía no significa que debas parecerlo —Me mordí el labio cuando mi intento de sonreír falló.

J comenzó a ahogarse y a toser. La enfermera se apresuró y la hizo respirar con un artilugio que ayudó a limpiar sus pulmones. Miramos con preocupación cómo J recuperaba su color normal.

—Es mejor si se van ahora. Cuando vuelvan mañana estará mucho mejor —dijo la enfermera.

Besé a J en la frente. Ella apretó mi mano.

—Aguanta, gordita —gruñó. Sonreí ante el apodo de mi infancia aparentemente lejana. Nos fuimos.

—¿Dónde está mi papá? —dije. El teniente Red y Doc estaban hablando por teléfono en la enfermería. Al terminar sus llamadas telefónicas, los dos hombres me hicieron un gesto para que los siguiera mientras salíamos de la sala. Un policía se había instalado frente a la Unidad de Cuidados Intensivos. Ya no se correrían riesgos.

—¿Adónde vamos? —Estaba empezando a cansarme de no saber nunca adónde iba.

—Podemos ir a buscar a Ty y Alice al área de emergencia. Está cerca. Tu papá está reunido con algunas personas en el Departamento de Estado. Está ayudando a recopilar material que usaremos para identificar a los terroristas. Nos lo traerá mañana.

—Apuesto a que esos asquerosos prendieron fuego para quemar algunas pruebas incriminatorias además de J — murmuré.

—En eso también tenemos suerte —respondió Doc—. El incendio fue apagado antes de que consumiera toda la cabaña. Gracias a Alice.

Dicho esto, entramos a la sala de emergencias en virtud de la placa del teniente Red. La protagonista de su último comentario estaba sentada en una silla de ruedas, con un yeso hasta la mitad del muslo y una expresión de disgusto en su rostro.

Ty caminaba con la ayuda de un asistente.

—Hemos decidido pasar la noche con el joven señor Egan —respondió la enfermera a la mirada preocupada del Doc—. Tiene una conmoción cerebral leve. Queremos vigilarlo.

Me arrodillé junto a la silla de ruedas de Alice y le di un beso.

—Gracias. Nunca podré decirte lo agradecida que estoy. Si no fuera por ti, J estaría muerta. Quizás incluso Ty también.

Se le llenaron los ojos de lágrimas y yo comencé a llorar de nuevo. Sentí la mano de Ty en mi hombro y me levanté para abrazarlo.

—Te amo —le susurré al oído. Nos abrazamos durante un largo momento, saboreando el hecho de que estábamos vivos para abrazarnos. No estaba segura de que vivir fuera a ser muy divertido cuando los poderes que habíamos desafiado se dieran cuenta de lo que habíamos hecho esta noche.

Doc llevó a Alice hacia la salida, mientras el teniente Red me apartaba suavemente de Ty.

—Vamos a descansar un poco —instó con voz ronca. No me resistí.

Capítulo 15

Se cuenta el cuento

El *Star* estaba montando la cresta de una enorme ola. Estábamos a punto de descender al valle cuando Ty me gritó que detuviera el barco. Tenía que volver a colocar el mástil. La vela seguía golpeándome en la cara mientras intentaba aplicar los frenos. La vela estaba mojada. Ahora la vela ladraba. No, era Merlín.

Abrí los ojos. Estaba en una habitación extraña con el pequeño terrier escocés tirando de mis sábanas. Parecía decir:

—Levántate, dormilona —La memoria regresó mientras miraba a mi alrededor. Me dolió abrir los ojos. Me toqué la frente. Ay. Intenté levantarme de la cama. Cada músculo se resistía. ¿Dónde estaban todos? ¿Dónde estaba yo?

Alguien llamó suavemente a la puerta. Se oyó la voz de Doc.

—¿Cómo te sientes, Annie? ¿Quieres desayunar?

—Sí, por favor —"Me muero de hambre", me di cuenta—. Aunque quiero darme una ducha primero.

Media hora después, estaba sentada en la cocina con una taza del excelente café de Doc.

—¿Cuándo volverá a casa Ty? —pregunté.

—Llamé al hospital esta mañana. Están esperando que el neurólogo revise la Tomografía Axial Computada. Entonces probablemente lo enviarán a casa.

—Bueno, buenos días, amiga fisgona —Me di vuelta para ver a Alice entrando en la cocina desde el porche.

—Anoche me quedé aquí en el hospital de Doc —explicó.

—¿Cómo está tu tobillo?

—Oh, está roto. Sólo agradezco que Doc haya podido llegar hasta tu tía antes que el fuego. Cuando lo llamé, me desmayé del dolor antes de poder contarle que alguien estaba atado en el suelo de la cabaña.

—Ella dijo, "cabaña", y luego nada. Llegué a la Casa de Cristal lo más rápido que pude —añadió Doc.

—Cuando llegó le conté lo que había visto. No tenía idea de que esos sinvergüenzas planeaban prender fuego al lugar, con alguien dentro, nada menos.

—Llamé a la policía y luego volví corriendo a la cabaña —continuó Doc.

—¿No tenías miedo de que estuvieran los vecinos?

—No tuve tiempo. También llevé mi pistola. Un remanente de mi antiguo trabajo. Cuando llegué a la cabaña, olí humo y pude ver llamas a través de la ventana delantera. Tiré una silla de jardín por la ventana y saqué a J. Tuve que llamar a los bomberos. El fuego es un problema enorme aquí. Todo está hecho de madera. El fuego se propaga fácilmente gracias al viento.

—Una historia dice que Isla del Fuego recibió su nombre por la cantidad de veces que cada edificio en los pequeños asentamientos se quemó hasta los cimientos —dijo Alice.

—Esos pequeños teléfonos de bomberos a lo largo del paseo marítimo son muy útiles. Los bomberos llegaron en cuestión de minutos con los paramédicos. Luego llegó la policía. Pude comunicarme con teniente Red a través de ellos. Tú sabes el resto —Doc me miró cundo terminó su relato.

Me estremecí a pesar del calor del día.

—Te perdiste por poco vernos a Ty y a mí siendo arrastrados por nuestros dos amigos. Me pregunto qué les habrá ocurrido. ¿Hay alguna posibilidad de que los atrapen?

Miré a Doc en busca de una respuesta.

—Red me dice que J tenía un pequeño transmisor para que la policía pudiera rastrearla. Cuando ella no llamó, pero la ubicación cambió de Isla del Fuego a Bay Shore y a la ciudad dos veces, sospecharon y enviaron a alguien para verificar la ubicación del transmisor. Lo descubrieron en Brooklyn.

—¿Qué hay en Brooklyn? ¿Por qué estaba J allí? —pregunté.

—Solo eso. Cuando localizaron el transmisor, J no estaba allí. El equipo de vigilancia obtuvo una fotografía de tres hombres que iban y venían de esa dirección de Brooklyn.

Miré a Doc, confundida.

Alice intervino:

—Ya tenían a J como prisionera. Doc me ha estado informando —explicó.

Doc prosiguió:

—Continuaron siguiendo la señal. Anoche se descubrió que un hombre transfirió un paquete a alguien en el ferry de Ocean Beach.

—El llavero —grité—. ¿Estaba el transmisor en un llavero? —Por supuesto, el hombre que Ty y yo vimos anoche en el muelle del ferry. Tenía el llavero de J, el llavero que finalmente reconocí más tarde, mientras nos mantenían cautivos en Star.

—¿Cómo supiste dónde estaba el transmisor? —preguntó Doc sorprendido.

—No lo sabía. Simplemente lo deduje —y le conté lo que nos había pasado a Ty y a mí en Ocean Beach hace mucho tiempo, la noche anterior.

—Hola, Doc, soy Randy —llegó una voz desde la puerta trasera.

La cabeza de mi padre y su silueta familiar se perfilaban en la puerta mosquitera. Dejé caer la cuchara que estaba sosteniendo. Cayó al suelo con estrépito, dándome tiempo para controlar mis sentimientos. El viejo enojo, el alivio porque mi papá había aparecido, la ansiedad por una confrontación que sabía que debíamos tener, todo reclamaba el primer lugar.

Él y Doc se dieron la mano. Alice fue presentada. Mi padre me miró por un instante y luego cruzó la habitación, envolviéndome en sus fuertes brazos, el familiar aroma de su colonia llenando mi cabeza y mi corazón con mi papá. Las lágrimas picaron en mis ojos y en mi nariz, mientras luchaba contra ellas detrás de la puerta de hierro que pensé que había construido para mantenerlas adentro.

Escuché a Alice de fondo.

—Doc, llévame afuera. Es un día glorioso.

Randall me soltó. Sosteniéndome con el brazo extendido, escudriñó mi rostro.

—Nunca aprenderás a molestar a alguien de tu tamaño, ¿verdad? —bromeó.

Con más severidad, añadió:

—¿Por qué no me devolviste la llamada, Annie?

"Aquí viene", pensé. Mi cabeza empezó a dolerme ligeramente.

—Porque no quería hablar contigo, papá —respondí simplemente—. Tus llamadas siempre me hacen sentir culpable. Debería haberte llamado. Debería haber llamado a mamá —Intenté ignorar su mirada herida.

Se sentó sobre sus talones, mirándome, su rostro ilegible para mí.

—No eres parte de mi vida. Siempre estás lejos. Realmente ya no conozco a mi madre.

—¿Cómo puedo ser parte de tu vida, Annie, si no devuelves mis llamadas y no hablas conmigo? ¿Cómo puedes conocer a tu madre a menos que hables con ella?

—Oh, vamos, papá. Hablar con mamá durante la mayor parte de mi vida ha sido como hablar con una pared —Esa frase otra vez—: Bonita casa, no hay nadie en casa —respondí, sintiéndome peor con cada palabra.

—Ella nos necesita, Annie. Estar en rehabilitación tampoco ha sido fácil para ella —dijo en voz más baja de lo que esperaba oír.

—Yo también la necesitaba. Te necesité. Siempre estás ausente cuando hay una crisis, papá —acusé—. J está ahí para mí. Ella es mi familia —Me atraganté con las últimas palabras. La idea de que casi había perdido a J me abrumó. No podía dejar de temblar.

Papá volvió a rodearme con sus brazos.

—Sé que no puedes cambiar de trabajo. Y sé que mamá no puede evitar ser alcohólica. Pero no me pidan que dependa de ninguno de ustedes, porque no puedo. Estaba de vacaciones aquí, con J. No quería pensar en cómo serían unas vacaciones con mi papá y mi mamá, o incluso solo con mi papá. Entonces, papá, no te devolví la llamada.

Después de un breve silencio, dijo:

—No sé qué decirte, Annie. No puedo negar lo que sientes. Pero quiero que sepas que me preocupo muchísimo por ti. Te he ofrecido vacaciones conmigo. Has tomado otras decisiones. Siento que te has vuelto tan esquiva como dices que soy yo.

Suspiró:

—Si quieres que me aleje por completo, dejaré de llamarte. Me mantendré al tanto de tu vida a través de Jill —Sus ojos se clavaron en mi cara. Parecían ser la única parte de él que no se había desplomado con sus últimos comentarios. ¿Lo habría conmovido de alguna manera? Un pequeño aleteo de pánico por perder el contacto con él tiró de mí.

—Quiero que me dejes que yo te llame, papá. Cuando quiera. No quiero hablar de mamá. Te lo diré cuando lo haga —Me sentí como un secuestrador pidiendo rescate.

—No sabrás dónde llamarme —respondió con tono fatigado.

—J me lo dirá. Puedes decírselo.

—No creo que llames —se resignó.

—Nunca sabré si quiero, papá, a menos que me dejes tener la oportunidad de sentir que quiero.

Me estremecí al pensar en todas esas veces que tuve que atender el teléfono. Tuve que escuchar esa voz lejana, tan familiar, tan inalcanzable. Sabía que teníamos que intentarlo de otra manera.

—Está bien, Annie —dijo después de un rato—. Te amo, chica. No lo olvides.

Nuestros ojos se encontraron por un momento, el ánimo inquieto por nuestra historia de dolor. Él se puso de pie.

—¿Papá? —El volteó a mirarme—. Me alegro de que hayas venido y me alegro de que hayamos hablado —Fue todo lo que pude decir. El asintió.

Nos dimos cuenta de que sonaba una nueva voz desde el porche, donde Alice y Doc se habían retirado.

—Es el teniente Red —Salté para ver si tenía noticias para nosotros.

—Vengan ustedes dos —dirigió Alice—. Este amable caballero acaba de regresar de la cabaña con un informe sobre la escena del crimen.

Alice sonaba diferente, de alguna manera. La miré. Ella le estaba dando al teniente Red su sonrisa más encantadora y él disfrutaba cada minuto de ella.

—La gente de la escena del crimen del condado de Suffolk tienen una buena cantidad de evidencia de la cabaña —tronó el teniente Red—. Annie, te ves mejor —añadió.

—Quizás yo tenga algo que añadir a las pruebas —dijo Doc—. Estoy esperando una llamada telefónica de mis viejos amigos de la "granja"; eh…, la CIA.

El teléfono sonó. Doc fue a atender y su leve cojera resonó claramente en el suelo de madera. Tomó el teléfono; su voz era un zumbido intermitente e ininteligible. Pensé en la cojera. Había aparecido tan inesperadamente la noche anterior. Casi había empezado a sospechar que Doc tenía algún tipo de conexión con los vecinos.

—Era del hospital —fue su anuncio de bienvenida cuando regresó al porche—. Podemos recoger a Ty y Jill en cualquier momento. De hecho, Ty ya ha amenazado con irse.

—¡Vamos! —grité—. Vamos, papá —Un júbilo desconocido desde que vi a Ty por primera vez me invadió mientras corría hacia la puerta, arrastrando a papá de la mano.

Capítulo 16

Regreso a casa

Ty había vuelto a ser el mismo de antes, excepto por las vendas de su cabeza. J caminaba sola pero todavía parecía débil. Le temblaban las manos y llevaba un yeso en el brazo izquierdo, roto cuando fue capturada.

Cuando llegamos a *Windalee*, la policía nos estaba esperando.

—Señor Egan, ¿vendría con nosotros a su barco? Queremos liberarlo del pilote en el que está enganchado y llevarlo al puerto deportivo donde podamos revisarlo.

—Adelante, Doc. Yo me ocuparé de J, Alice y Ty — Randall tomó a J del brazo para conducirla hacia su habitación.

—¡Caramba! —dijo ella—. Me quedaré en el sofá de aquí. Alice y yo nos encargaremos de los teléfonos. Muchas gracias

—. Nos reímos de placer al escuchar la respuesta mandona de J.

—Gracias, pero olvídelo, señor Tillery. Estoy genial y voy con mi tío —afirmó Ty.

Randall miró a su alrededor y se encogió de hombros ante su fallido intento de interpretar a Florence Nightingale.

—Teniente Tillery, necesitamos una declaración tuya. Así que uno de mis hombres la tomará ahora, si no le importa —dijo uno de los detectives de la escena del crimen—. ¿Y usted Randall Tillery? También necesito su declaración, señor.

Los dejamos a los tres con el detective y nos dirigimos al puerto deportivo. La lancha policial nos llevó a través de la ahora pacífica bahía donde el *Star* tironeaba de su improvisado amarre. A ella le había ido peor que al resto de nosotros. Doc saltó de la lancha a su cubierta, que se balanceaba suavemente. Parecía estar consolando a un viejo amigo, mientras avanzaba de una herida a otra.

—Teniente, quiero llevarla al puerto deportivo tan pronto como pueda. ¿Va a enviar un barco de rescate que pueda remolcarlo o debo llamar a mi astillero? —gritó hacia el muelle.

—Viene nuestro barco —fue la respuesta—. Tenemos que ver exactamente dónde está enredada en los pilotes.

Podía ver el fondo de la bahía cuando miraba hacia el agua. Así de superficial era. Había abundantes algas ondeando en la corriente, algunas latas de cerveza y una cosa de forma extraña brillando a la luz.

—Detective, ¿sabe dónde está el transmisor de mi tía? — No recordaba si me lo habían dicho o no.

—Sí, señorita Tillery, está aquí en el barco.

—¿Es ese el llavero que está en el fondo de la bahía? — Ambos entrecerramos los ojos ante el objeto que había visto. El detective sacó un bichero y rescató el objeto del suelo de la bahía. Efectivamente, estaban las llaves de J, el famoso llavero.

—Qué lástima, esos tipos no se llevaron el llavero anoche. Sabríamos dónde están ahora —Me sentí triste porque se hubieran escapado.

—¿Puedo quedarme con el llavero? —pregunté, estirando la mano para agarrarlo. El detective me aferró la muñeca antes de que pudiera tocar el llavero.

—Vamos a buscar huellas —explicó.

—Cierto —respondí, avergonzada.

Los demás habían localizado la línea que tenía al *Star* enganchado el pilote. Estaban intentando desenredar algunos cables y cabos cuando llegó el barco de rescate.

La lancha policial retrocedió hasta una distancia segura, lo que nos permitió observar cómo amarraban al *Star* al barco de rescate, aseguraban su mástil a la cubierta, lo liberaban de los pilotes y lo remolcaban. Doc se quedó en el *Star* para acompañarlo a salvo al puerto deportivo. Ty regresó conmigo en la lancha.

—Ustedes dos tendrán que hacer una declaración formal, aunque ya nos hayan contado lo que pasó —nos dijo el detective—. Queremos que intenten recordar todo lo que puedan. Nos comunicaremos con ustedes en un par de días —Dicho esto, nos dejó en el puerto deportivo y caminamos de regreso a *Windalee*, disfrutando de los primeros momentos de tranquilidad en mucho tiempo.

—Tengo un dolor de cabeza tremendo —se quejó Ty.

—Yo siento como si alguien me estuviera golpeando con un garrote —dije.

—¿Estás pensando en convertirte en detective como tu tía, Annie? —preguntó Ty, haciendo una mueca mientras se ajustaba el vendaje.

—¡Seguro! —dije soltando su mano—. ¿Yo? No voy a morirme si nunca vuelvo a ver otro policía —seguí despotricando—. Voy a estudiar para ser una investigadora científica. Pasaré mi vida encerrada, a salvo en algún laboratorio. Esto es una locura. La casa de tu tío parece una escena de uno de esos programas de televisión sobre salas de emergencia, con todas estas víctimas.

Él me miró mientras yo gesticulaba con las manos.

—Casi me disparan y me ahogan. Podrían habernos dejado en la casa y prendernos fuego a todos.

Ty se tapó la boca con la mano. ¿Era una risa lo que estaba encubriendo? ¡Atreverse a reír de esta situación!

—Eso es todo. J se va a jubilar. Puede abrir un *bed and breakfast* en Connecticut. Puede vender mermelada de fresa en un puesto de carretera.

Ahora se estaba riendo a carcajadas. Me detuve y él me abrazó mientras yo intentaba descubrir qué era tan gracioso. Finalmente alcanzó a decir:

—¿Hacen delantales de abuelita con bolsillos? —No pensé que fuera gracioso.

Siempre me había preocupado, pero J nunca antes había resultado herida. Estaba asustada.

Windalee era de hecho el hogar de los heridos y los cojos: a las 4 de la tarde, Doc regresó con una mano vendada, cortada por el borde afilado del mástil del *Star*. Alice y J habían logrado calentar una cacerola con sopa que Doc tenía en el congelador, además de un poco de pan. Con ensalada y queso, comimos. La tarde se había vuelto fría con una brisa del noroeste. Ty encendió un fuego. Comimos y nos calentamos y cada uno, a su manera, se sintió agradecido. J se acercó a mí y me tomó la mano con fuerza en medio de la comida. Ty le pasó una botella de Tylenol como si fuera una parte ceremonial de la comida. Todos empezamos a reír a nuestro pesar.

—Creo que como estamos todos juntos, deberíamos comparar historias. Conozco algunas partes, pero me gustaría saber muchas cosas —propuso Doc.

Resonaron gruñidos de satisfacción y acuerdo en todo el grupo. Intentamos ponernos lo más cómodos posible en el gran salón. Distribuí las bolsas de hielo mientras papá avivaba el fuego.

Mientras se dirigía a su asiento, Randall hizo una pausa y miró a Doc:

—Creo que debería empezar, porque algo que descubrí hizo que esto funcionara —Recordé la revelación de Red de anoche. ¿De qué se trataría?

—Mi trabajo en el Departamento de Estado me pone en contacto con mucha información sobre actividades terroristas. Cuando organizamos reuniones entre jefes de estado, mi trabajo es darles protección. Tengo que saber qué organizaciones terroristas son enemigas de qué primeros ministros, príncipes, reyes, presidentes, etcétera.

Estaba empezando a ver la luz.

—Hace unas tres semanas —continuó— recibí un documento de nuestra oficina en Nueva York, describiendo un aviso recibido sobre una fábrica de bombas. Lo hemos estado investigando desde entonces.

—¿Cómo se involucró J? —pregunté.

—El Departamento de Policía de Nueva York dio con la fábrica de bombas por casualidad. Estaban rastreando una serie de accidentes cuyos responsables se daban a la fuga. Cuando encontraron la furgoneta responsable, el Departamento de Vehículos Motorizados encontró a Ali Mahmut. Resultó ser un extranjero ilegal. Eso hizo intervenir a los federales, que vigilaron la residencia de Ali. Los vigilantes comenzaron a sospechar cuando empezaron a notar que los paquetes y materiales entraban y salían.

—¿Cómo pudieron saber por los paquetes que se trataba de una fábrica de bombas? —preguntó Ty—. Estos tipos no son tontos. Deben haber disimulado los paquetes.

—Sí, pero los agentes de vigilancia tienen bastante experiencia —respondió Randall, mirando los rostros ahora fascinados por su historia—. Por descuido, los hombres se habían olvidado de destruir uno de los recibos de entrega y una etiqueta con un Número de Referencia de Almacén. Lo rastreamos y encontramos una gran cantidad de materiales comúnmente utilizados por los fabricantes de bombas, materiales que, por sí solos, son inofensivos, pero en la combinación correcta, bueno, ¡boom! También analizamos químicamente los materiales de embalaje para detectar cualquier residuo. Esa prueba fue aún mejor. Resultaron positivas para Semtex. Los fabricantes de bombas obtienen este material de proveedores ilegales. Desafortunadamente, existe un gran mercado clandestino para estas sustancias. Probablemente haya un capítulo especial para los proveedores en el manual de los terroristas. La conclusión es que se trataba de una fábrica de bombas activa, lo que significaba que estaban planeando una acción terrorista para muy pronto. No se pueden almacenar muchos de estos químicos inestables. Es demasiado peligroso, y si el lugar es allanado, no querrás dejar este tipo de pruebas por ahí.

—¿Por qué no esperaron hasta que estuvieran todos dentro de la residencia y así atraparlos? —preguntó Alice.

—Porque sabíamos que alguien les estaba suministrando —respondió Randall—. Queríamos atrapar a la mayor cantidad posible de ellos. Muy a menudo, cuando hay una redada en la casa de un terrorista, muchos de ellos la eluden y simplemente se instalan otro lugar.

—Fue entonces cuando Randy se puso en contacto con mi división — retomó J la historia—. Nos encargamos de todo tipo de trabajos especiales. Teníamos que averiguar de dónde obtenían sus suministros. Los rastreamos hasta el ferry de Ocean Beach.

—¿Cómo te convertiste en su contacto? —preguntó Doc —. Eso tuvo que ser complicado. Para ser honesto, no tenía idea de que estabas trabajando cuando viniste aquí. Yo ya sospechaba de nuestros vecinos. Logré tomar algunas fotos de ellos en el porche de la cabaña usando una cámara muy buena y se las envié a mis viejos amigos de la CIA. Recibí los nombres y un breve expediente sobre cada uno de ellos el día después de que Jill se fuera de aquí. En secreto, estaba orgulloso de mí mismo. Tuve su número desde el principio.

Ty estaba sentado con la cabeza inclinada, las manos entrelazadas y colgando entre las piernas.

—Cuando regrese al campus, quiero ver al profesor Taled. Me siento muy triste por él. Realmente es un hombre con una visión de paz. Una gran mente. Tal vez pueda ofrecerle algo de consuelo.

Randall advirtió:

—Todas las agencias policiales involucradas te pedirán que hagas una declaración y te dirán lo que puedes y no puedes decirle, Ty. Lo siento mucho. Sé cómo te sientes. Pero el profesor Taled, su hogar y sus seres queridos serán vigilados hasta que atrapen a su hijo.

Doc continuó:

—Informé a la oficina de la CIA en Nueva York y me conectaron con Red, que quería toda la información. Pero como cualquier buen profesional en su campo, nunca mencionó una palabra sobre Jill. Yo no sabía que ella estaba involucrada.

Él la miró y ella retomó la historia.

—Mi oportunidad llegó cuando la CIA envió a mi división toda la información sobre las actividades terroristas que conocían en la zona. Había una mujer, Karen Eig, una alemana de una célula terrorista ya inactiva que se demostró que estuvo relacionada con el atentado contra dos aviones de pasajeros. Había desaparecido. O estaba muerta o se había sumergido profundamente en la clandestinidad para poder trabajar con otra célula terrorista cuya identidad aún desconocía nuestra comunidad de inteligencia.

—Me arriesgué mucho y no valió la pena. Los hombres de la cabaña no sospecharon nada. Pero cuando me encontró mi contacto del primer día en el ferry, empezó a sospechar. Había entregado dos envíos para ellos cuando me revisó con su gente. Pensé que lo había logrado. Pero regresó hace dos noches y me hizo algunas preguntas para las que no tenía respuestas. Éstos eran detalles de su carrera terrorista que sólo Karen Eig y un colaborador cercano conocerían. Habló con ese colaborador cercano, quien le mostró una foto. Mi tapadera fue descubierta y tenían que deshacerse de mí. Tenían los materiales que necesitaban y yo era demasiado peligrosa. Cuando planeé estas vacaciones, no sabía que tendría que combinar los negocios con el placer —agregó J con tristeza—. Siento que he defraudado a Annie —Ella debe haber visto lo herida que estaba por la expresión de mi rostro.

—El hombre con el que hablaste en el viaje en ferry ese primer día era tu contacto, ¿no? —Quería confirmar mis sospechas. No quería oír que estas vacaciones eran parte de una de las tareas de J.

—Tus instintos son muy buenos, Annie. Él era el contacto. Sentí que habíamos sido todo lo cuidadosos que podíamos ser, pero el tiempo era esencial.

—Oh, J, ¿qué tan cuidadosa fuiste? —pregunté—. ¡Te atraparon! —La ira impidió que las lágrimas fluyeran.

—Sí. Me arriesgué mucho y desearía haberme coordinado mejor con nuestra gente de inteligencia de la CIA y el FBI. Fue el factor tiempo. Si queríamos atraparlos, tenía que ser ese momento, ese estrecho margen de tiempo.

—De todos modos se estaban poniendo nerviosos. Alice estaba husmeando. Ty y Annie seguían encontrándose con ellos en momentos inoportunos. Se habrían retirado en un par de días —añadió Doc.

—Sí, tuvimos suerte de señalar a tantos de ellos como lo hicimos —reflexionó J, moviéndose dolorosamente en su silla.

—Pero nadie está en la cárcel. Todavía están todos ahí afuera —protesté.

—Nuestra gran oportunidad llegará mañana. Nuestro presidente está planeando una reunión secreta con líderes de Medio Oriente a bordo de un barco justo afuera del estrecho de Isla del Fuego. Creemos que este puede ser su objetivo. Los estamos esperando —la explicación de Randall dejó al grupo silencioso y tenso. Contemplamos la gravedad de esta situación.

—Tenemos fotografías de todos ellos. No podrán pasar la seguridad —dijo J.

—¿Pero qué pasa si traen a alguien que no conoces? Parece un truco obvio para los terroristas —preguntó Alice.

—Es cierto —dijo Randall—. Estaremos esperando. Los explosivos que les entregó Jill están mezclados con un mineral que puede ser detectado por nuestras máquinas de rayos X de seguridad.

—Habrá muchas pruebas contra ellos cuando los atrapemos —dijo Doc—. La unidad de la escena del crimen tomó un conjunto de huellas del *Star* cuando lo robaron esa noche.

—Además, podemos identificarlos. Nos confesaron a Ty y a mí que tenían una fábrica de bombas —agregué.

—También estamos esperando las huellas del llavero —añadió Doc.

—¿No las lavaría el agua? —preguntó Ty.

—No necesariamente. Recuerda, las huellas dactilares tienen grasa. No es tan fácil de lavar con agua —respondió J.

Sonó el teléfono. Doc fue a la cocina a contestar.

—Me voy a la cama —dijo J.

Nadie protestó y todos comenzamos a levantarnos de nuestras cómodas sillas y a recoger nuestras pertenencias.

Doc regresó con una mirada de satisfacción.

—La investigación de la policía de Nueva York muestra que se utilizó un dispositivo cronometrado para provocar el incendio en la cabaña. Es del mismo tipo que los utilizados por nuestro pequeño grupo terrorista. Pase lo que pase mañana, estarán fuera de circulación durante mucho tiempo por incendio provocado e intento de asesinato.

—Es agradable ver cómo se unen todos estos cabos sueltos —murmuró Ty, reprimiendo un bostezo, apenas capaz de mantener los ojos abiertos.

—Hablando de cabos sueltos —intervino Alice, cobrando vida—, cuando reciba mi correo mañana, tendremos una respuesta sobre la Madonna Fantasma. El joven que recibe mi correo dijo que hay una carta de la Sociedad Histórica —Sentí un aleteo de emoción, aunque no muy fuerte. Estaba demasiado cansada. Me volví para decir buenas noches y sorprendí a J dedicándole a Alice una mirada de lo más extraña.

—No puedo esperar a escuchar lo que descubriste, Alice —dijo.

—Mañana tendrán que decirme qué estaban haciendo ustedes mientras yo estaba atada —bromeó ella.

Mientras regresaba a mi habitación con J y Randall, me pregunté acerca de la carta de Alice. Me había olvidado de la Madonna Fantasma.

Capítulo 17

Alice y el fantasma

Estábamos echados sobre la suave arena blanca. Todos habían dormido hasta tarde y los dos salimos de la casa para tumbarnos juntos en silencio. Sin llamadas telefónicas. Sin declaraciones a los detectives. J estaba a salvo en su habitación. No tenía que preocuparme por ella. Mi papá estaba aquí, así que no tenía que evitar sus llamadas telefónicas. Si teníamos suerte, la gente de *Windalee* encontraría nuestra nota y no llamaría a la Guardia Nacional cuando no nos encontraran en la cocina para un desayuno grupal.

—¿Ty? —dije en voz baja para no despertarlo si estaba durmiendo. Nuestros dos ojos habían amanecido negros hoy por los golpes en la cabeza. Parecíamos mapaches gemelos.

—Umm... ¿qué? —murmuró.

—Tuve la charla con mi padre cuando llegó a *Windalee* ayer —comencé.

—Annie, ¿qué significa eso de "la" charla? —preguntó.

—Ty, no voy tan rápido en esto como tú. Debes haber tenido momentos en los que no fuiste tan paciente con tu papá —Sentí una punzada de dolor ante su comentario.

—Le dije que me molestaba que me acosaran por mi madre. También le dije que me molestaba mucho que estuviera lejos.

—¿Y él qué te dijo?

—Dijo que se mantendría alejado —respondí.

—¿Y eso cómo te cayó?

—Me siento aliviada, Ty. Lo llamaré. Lo amo. Sé que no puede evitar que su trabajo le aleje. Simplemente me molesta que intente manejar las cosas desde los Emiratos Árabes o dondequiera que se encuentre en ese momento.

—¿Es así de simple? —preguntó Ty. Podía escuchar la duda en su voz.

—No. Me hace sentir culpable. Me encanta vivir con J. Él tiene que trabajar, viajar y cuidar de mi madre. Estoy fuera de eso. Cada vez que llama, me doy cuenta de que no estoy haciendo nada para ayudarlo. Pero no sé qué se supone que debo hacer.

—Um, sí, eso lleva tiempo —gruñó de nuevo, girando para sacar del sol su lado ya bronceado. Se incorporó para ponerse una camiseta y me tiró una.

—Te estás poniendo roja —observó—. Mañana visitaré a mi papá, si la policía no nos necesita —anunció—. Voy a llevarle algunas fotografías antiguas de la familia para que las mire. Quizás le guste eso—. Me imaginé a Ty mostrándole fotos a su padre.

Pensé en cómo sería sentarme con mi madre en la sala de recreación del centro de rehabilitación y mirar fotografías antiguas. Era la primera vez que pensaba en estar con ella en mucho tiempo.

—Volvamos a *Windalee* —Ty se levantó y me ofreció su mano. Me ayudó a levantarme y me acercó a él, besándome durante un largo y suave momento.

—Eso —dijo—. Eso estuvo bastante bien, Annie. Ninguno de nosotros gritó de dolor. Creo que esta relación podría sobrevivir a nuestras heridas —Me reí y volvimos a la casa.

Todos estaban en la cocina de Doc. El aroma de su maravilloso café llenaba la habitación.

—Hola, teniente Red.

—Red, ¿que noticias hay del continente? —Doc llamó por encima del hombro. Estaba preparando unos omelettes.

—Tengo hambre —dije, sucumbiendo al olor de la cocina.

Doc nos llevó a todos a la mesa. Nos sentamos a comer mientras Red nos informaba.

—Obtuvimos los resultados de la identificación de huellas dactilares del llavero —dijo, con sus ojos azules brillando con satisfacción.

—¿Y entonces? —instó Alice.

—Un conjunto de huellas coincide con las huellas del *Star*. Eso nos da una identificación positiva para uno de ellos.

—Me pregunto si es "El Tatuado" o "Larguirucho".

Red se volvió hacia mí ante ese comentario:

—Tú lo vas a decir, Annie —Sacó un sobre manila del que sacó algunas fotografías del expediente policial.

—Ese es él —Ty fue el primero en distinguir a "El Tatuado" entre el grupo de hombres de aspecto malo en las fotos.

—Y ese es "Larguirucho" —agregué, señalando otra foto.

—¿Alguna idea de dónde están? —preguntó Doc

—La fábrica de bombas ha sido abandonada —respondió Red—. Así que los perdimos temporalmente. Esperamos encontrarlos nuevamente en las cercanías de Bay Shore. Los servicios secretos que vigilan todos punto de acceso al presidente han sido alertados. Ahora puedo darles fotografías de a quién buscar.

—No puedo creer que puedan llegar hasta el presidente —protesté.

—La historia demuestra que estás equivocada —dijo Red—. Ha habido muchos asesinatos, tres de ellos presidentes estadounidenses.

El grupo guardó silencio mientras reflexionaba sobre esta deprimente observación.

Desde la puerta trasera llegó un saludo:

—Alice, tengo tu correo.

Un niño de unos diez años entró en la cocina y yo le sostuve la puerta. Le entregó un paquete de sobres a Alice.

—Gracias, Brian —dijo—. ¿Quieres quedarte a desayunar?

—No, gracias. Mamá quiere que vuelva a casa —se disculpó.

Alice hojeó rápidamente los sobres y tomó uno.

—Esto es de mi amigo de la Sociedad Histórica —proclamó—. Debería contener su veredicto sobre la piedra que encontramos en el túnel.

—¿De qué se trata todo esto? —preguntó J.

Le contamos nuestras aventuras en busca de La Madonna Fantasma mientras ella hacía de terrorista.

—Cuéntame más sobre lo que viste en la playa. ¿Cómo era esta aparición? —J hablaba seriamente en su curiosidad. No pensé que ella estaría tan interesada en un fantasma.

Alice estaba más que feliz de contarle a J todo lo que había descubierto sobre nuestro fantasma.

—Lo más interesante de la aparición fue su apariencia cuando emergió del agua —Alice estaba entusiasmándose con el tema.

—¿Cómo es eso? —volvió a sondear J.

—Parecía brillar desde dentro. Llevaba una prenda larga parecida a un sudario y un resplandor parecía emanar de ella.

—Sí. Los tres vimos lo mismo —añadió Ty.

—Este es mi primer fantasma. Así que supongo que nada me sorprendió —Realmente no había pensado en nuestro fantasma el último día. Ahora que lo pienso, ella era un fantasma increíble. Caminaba. Brillaba. Desaparecía.

—Nuestra teoría es que desapareció junto a la cabaña porque estaba buscando algo. Convencimos a Doc para que nos dejara explorar el túnel entre *Windalee* y la cabaña.

—Traté de disuadirlos de que se acercaran a la cabaña. En ese momento estaba convencido de que nuestros vecinos eran, como mínimo, lo que me gustaría llamar desagradables —dijo Doc.

—Cuando encontramos lo que pensábamos que era una lápida en el túnel, sentimos que la Madonna Fantasma regresaba al cementerio donde ella y su hijo habían sido enterrados —continué.

—¡Santa Madonna! —gritó Alice casi volcando su silla de ruedas.

—¡Alice, cálmate! —bromeé con ella— ¿Qué dice la carta?

Ella nos leyó:

Estimada señorita D'Elia,

Con respecto a la piedra que nos envió para comprobar su autenticidad, nos complace informarle que nuestros análisis forenses e históricos han identificado la pieza como una lápida del período que usted ha indicado. Gracias a una fotografía especial de rayos X pudimos identificar los nombres y las fechas de la piedra. Son Anna y Miep Von Thaden.

Además, nuestro historiador ha podido validar sus registros sobre la familia Von Thaden. Definitivamente ha localizado la tumba de la madre y el niño en cuestión.

Si necesita examinar los restos para una mayor autenticación, he incluido información sobre los procedimientos legales apropiados.

Espero que hayamos sido de utilidad. Nos comunicaremos con usted para obtener más información de modo de completar nuestros registros aquí en la Sociedad.

—Siento que esta información puede traer paz a esta pobre mujer de alguna manera —añadió Alice en voz baja. El júbilo por el éxito de su investigación fue reemplazado por alguna idea en ciernes.

—Odio hacer esto —dijo J—, pero es demasiado serio como para dejarte seguir pensando que has visto un fantasma real.

El asombro nos llenó.

—¿De qué estás hablando, J? No estabas allí. No la viste. ¿Cómo sabes que ella no era real? —Realmente, pensé que J iba a intentar darnos alguna explicación científica de algo que ella misma no había visto. Nos hice un gesto a todos para que guardáramos silencio, y nos miró fijamente.

—Annie. Todos. Yo era tu fantasma.

El silencio llenó la habitación.

—Por favor, explícate —pidió Alice.

—Mi trabajo como terrorista consistía en nadar entre las olas y recoger un paquete arrojado desde un barco. El paquete contenía materia prima para explosivos.

—¿Nadar para recibir un paquete? —pregunté.

—¿Cómo se suponía que ibas a encontrarlo por la noche?

—Primero, transmitía una señal de radio a un pequeño receptor resistente al agua que llevaba. Dos, tenía una luz poderosa. Luego de recogerlo lo llevaba a la cabaña.

—Para nada peligroso, J —murmuré, con un nudo de miedo en el estómago. A veces no podía creer las locuras que hacía. Jill continuó su historia.

—Dejaba una manta en la playa. Uno, porque tenía frío después de mi pequeño baño. Dos, porque si me encontraba con alguien, tenía que esconder el paquete. No pude hacer sonar el localizador del último envío. Deben haberme visto caminando hacia la cabaña con el paquete debajo de la manta. Dejé la carga en una depresión del patio, que ahora veo que era la antigua entrada del túnel. Luego me escabullí a la parte trasera de la cabaña. Pensé que me veía un poco rara, pero no creí que terminaría como el fantasma de alguien. Lo siento —Jill nos miró a uno y al otro.

—Tiene sentido, Jill —dijo Alice pensativamente.

Alice me sorprendió. Pensé que se enojaría más al descubrir que el fantasma no era real. Parecía haber leído mi mente.

—Jill, ¿cuántos viajes desde las olas hasta la cabaña hiciste?

—Sólo dos. Hacían las entregas cuando no había luna —respondió Jill.

—Pue ya ves. He visto a la Madonna Fantasma en otras noches sin luna. Aunque ella antes nunca había tenido luz. He estado tratando de descubrir ese brillo. Cuál fue su significado. Ahora lo sé: ninguno.

—Yo también la he visto —dijo Ty—. Con Alice.

—Qué extraño, que termines siguiendo el mismo camino tomado por nuestro fantasma —Alice parecía estar tratando de darle algún significado al hecho de que Jill fuera confundida con el fantasma.

—Me pregunto si la Madonna Fantasma estaba tratando de protegerte, Jill —dijo ella—. Debe haber estado molesta porque había gente enferma y malvada cerca de la tumba de su amado hijo.

—No lo sé, Alice. Quizás ella era mi ángel de la guarda. Quizás ella te llevó hasta mí.

—Sabes, Jill, encontré el agarre tu arete en el túnel —exclamé; lo había olvidado por completo en el caos de las últimas cuarenta y ocho horas—. El que hacía juego con el arete que encontré afuera de la cabaña. ¿Cómo llegó al túnel?

—Debieron haberme metido en el túnel en algún momento —respondió J—. Me clavaron una aguja hipodérmica cuando no pude dar el nombre de la operación. Supongo que fue entonces cuando perdí el arete.

—Eso podría explicar el paquete grande que los vi arrastrando por el patio trasero de la cabaña —murmuró Alice—. Parece demasiada coincidencia que el cierre del arete y la lápida se encontraran al mismo tiempo —añadió.

—¿Qué estás diciendo, Alice? —pregunté.

—Algunos espíritus son benignos. Creo que ella nos guio, nos ayudó a encontrar a J. No creo en las coincidencias —Alice nos miró.

—Quiero dejar descansar a la Madonna Fantasma. Cuando la Sociedad Histórica me devuelva la lápida, quiero colocarla en el jardín de la cabaña y establecerla como la tumba formal de Anna Von Thaden y su hijo.

—Me gustaría estar allí, Alice —dijo J—. Creo que tal vez se lo debo a la señora.

—Yo también —fue la respuesta casi simultánea de los miembros de nuestro grupo.

Capítulo 18

El fantasma vuelve a casa

A la mañana siguiente me desperté con el portazo de una puerta en *Windalee*. El pequeño reloj de mi mesita de noche marcaba las seis. "Son el teniente Red y papá, que iban a atrapar a los terroristas", pensé.

Este era el día de la reunión cumbre del presidente. Este era el día en que las fuerzas del bien (mi papá y el teniente Red) frustrarían las fuerzas del mal ("El Tatuado" y "Larguirucho"). Será mejor que me levante y vea el evento.

Me di una larga ducha caliente y me permití el dudoso lujo de ordenar mis pensamientos. Era la primera vez que estaba sola para hacer esto. Estaba tan agradecida de que J estuviera a salvo otra vez, aunque no sabía por cuánto tiempo. También estaba satisfecha con el nuevo acuerdo con mi padre.

Y luego estaba Ty. ¿Lo vería después de estas vacaciones? Me preguntaba si nuestra promesa de permanecer en contacto se cumpliría. Me sentía tan cerca de él. Intenté imaginar en no tenerlo allí para hablar. Bueno, por supuesto que esto iba a pasar. Tenía que volver a casa. Él tenía que ir a la escuela. ¿Pero continuaríamos nuestra amistad? ¡Las incertidumbres de la vida! ¿Qué haría sin ellas?

Me puse ropa limpia y me dirigí a la cocina. Todos estaban ahí, pegados al televisor. La historia principal era la visita de un grupo de rock de Moscú.

—¿Por qué todo el mundo mira la televisión? La reunión del presidente es secreta —dije.

—Si hay un intento de asesinato, no será un secreto —respondió Doc, pasándome un panecillo y un café.

—Eso es bastante desalentador —observé.

—Muy bien —estuvo de acuerdo Ty—. ¿Quieres dar un paseo, Annie?

—Eh —asentí con una mezcla de temor y entusiasmo. De repente, me resultó difícil tragar el panecillo que había estado devorando hacía un minuto. Caminamos por el conocido paseo marítimo en dirección a la arena. Ty estaba inusualmente callado.

—¿Por qué estás tan triste? —pregunté, el miedo y la incertidumbre de lo que había estado pensando apretaban mi corazón.

—Annie, ¿cuándo te vas? —preguntó Ty, volviéndose hacia mí.

—¿Qué? —jadeé, buscando en su rostro el significado de sus palabras.

—Quiero decir… —hizo una pausa, incapaz de decir lo que tenía en mente—. ¿Qué vamos a hacer con nosotros? Cuando tengas que ir a tu casa, cuando yo tenga que ir a la escuela, quiero decir. Quiero verte de nuevo —llegó el torrente de palabras.

Exhalé un largo suspiro liberador.

—Pensé que ibas a visitarme en la "gran ciudad", Ty — dije.

—Annie, quiero que me envíes correo electrónico a la escuela —Me miró esperanzado.

—Por supuesto que te escribiré. De lo contrario, no podré pagar la factura del teléfono —tragué, y mi corazón se hinchó cuando los dedos helados de la inseguridad me soltaron.

Él sonrió con su hermosa sonrisa, se levantó y me abrazó.

—Esto va a ser difícil, Annie. Te voy a extrañar.

—Yo también, Ty. Eres muy especial para mí. Siento que estamos conectados. Prometamos reunirnos tan pronto como podamos —Nos abrazamos por un largo momento.

—Deberíamos regresar —dijo Ty.

En ese momento escuchamos un ruido sordo. Nos miramos el uno al otro.

—Será mejor que regresemos.

Mientras caminábamos, sentí como si hubiera dejado atrás a mi antiguo yo. El miedo desapareció. Yo tenía a Ty y él me tenía a mí. Sentí una conexión que nunca antes había experimentado. Empezamos a caminar de regreso en silencio. Por fin, Ty preguntó:

—Me pregunto si ese ruido tuvo algún significado y cuándo sabremos si han atrapado a nuestros matones favoritos.

—Nunca. Si no volvemos a esa cocina con el resto de la multitud —bromeé.

Recorrimos el camino de regreso a *Windalee* muy lentamente, sabiendo que podría ser nuestra última caminata por algún tiempo. J y yo saldríamos por la mañana hacia la ciudad. Esta vez la cocina era un escenario bastante diferente. Había mucha conversación animada. Pero cuando el comercial en la televisión terminó y el rostro del comentarista de noticias regresó, un fuerte silencio acalló la conversación.

El rostro sombrío en el televisor transmitió este mensaje:

—Hubo una explosión frente a la costa de Isla del Fuego hace unos veinte minutos. El FBI se ha unido a la policía marítima del condado de Suffolk en su investigación, lo que plantea muchas preguntas sobre la causa de la explosión. Las drogas y el terrorismo son las dos áreas principales de especulación. Mantengan la sintonía para más detalles.

—¿Alguien ha tenido noticias del teniente Red o de mi papá? —pregunté, empezando a preocuparme, sin siquiera querer pensar que podrían haber estado en la explosión.

—No —respondió J.

—¿Qué han dicho en la televisión? —presioné.

—Sólo lo que has oído.

—¿Qué tan cerca estuvo la explosión de la reunión cumbre? —preguntó Ty.

—Por lo que aparece el mapa en el programa de noticias, diría que dentro de un radio de una milla de la reunión, y a quince millas de la costa —respondió J.

—¿Saben si era un barco o qué? —Estaba empezando a sentir que el pánico aumentaba.

El programa de televisión fue nuevamente interrumpido.

—Más sobre la explosión de Isla del Fuego —anunció el comentarista—. Los escombros alrededor del lugar de la explosión revelan que ocurrió en un pequeño barco pesquero. La policía está buscando restos de la nave que puedan dar información sobre la propiedad de la nave. Estén atentos para la cobertura continua de esta noticia de última hora.

Sonó el teléfono. Doc respondió. Todos se quedaron mirando, sin atreverse a respirar. Después de treinta segundos interminables, dijo:

—Sí, teniente. Muchas gracias —y colgó.

—Están bien —sonrió triunfalmente, liberándonos de nuestro estado congelado.

—¿Qué pasa con la explosión? —Alice inició el aluvión de preguntas.

—¿Había alguien en el barco? —preguntó J.

—¿Los explosivos pertenecían a los terroristas? —quiso saber Ty.

Doc levantó la mano pidiendo silencio.

—La explosión fue la bomba que nuestros dos amigos destinaban al yate presidencial. Tenían un dispositivo localizador en la lancha que explotó. Debía ir hacia el dispositivo objetivo que uno de los terroristas había colocado en el yate. Subió a bordo disfrazado de miembro del personal del servicio de alimentación. Sin embargo, esos explosivos fueron retirados por nuestros artificieros después de que los alertamos.

Alice intervino, haciendo la pregunta cuya respuesta todos nos moríamos por escuchar.

—¿Atraparon a "El Tatuado" y "Larguirucho"

— "El Tatuado" fue detenido saliendo de la fábrica de bombas. Hubo una persecución en auto. Abandonó el auto cuando quedó atrapado en el tráfico y cayó, herido de bala en una pierna. Falta "Larguirucho". Según "El Tatuado", nunca apareció. Hay una alerta de seguridad intensificada en todos los puntos de salida de Estados Unidos.

—Pero sabemos que aquí en Long Island, todo lo que se necesita es un bote y puede encontrarse con un barco en alta mar. Me temo que no vamos a oír nada más de él —respondió Doc.

Los rostros alrededor de la habitación reflejaban decepción y tensión. J habló por todos nosotros.

—Este hombre es un peligro para nosotros y nuestra nación. ¡Deben atraparlo!

Doc continuó:

—Al menos "El Tatuado" quedará encerrado durante mucho tiempo y tal vez nos brinde alguna información sobre Fareed Taled, también conocido como "Larguirucho", a cambio de cierta indulgencia.

Hubo asentimientos y gruñidos de aprobación por parte de todos nosotros. El ambiente se había vuelto sombrío.

El teléfono sonó y Doc fue a contestar. El resto de nosotros mirábamos expectantes. ¿Buenas o malas noticias?

Doc escuchó, con la cabeza inclinada hacia el teléfono, asintió intensamente y luego colgó. Regresó con una cara que sólo podría describirse como cínica incredulidad y asombro.

—La fábrica de bombas experimentó una pequeña explosión seguida de un intenso incendio, según testigos. La policía está revisando los escombros. Según la policía, se retiraron todos los explosivos, por lo que esto tiene que ser un incendio provocado, pero ¿cómo y por quién?

—Estos hombres son increíblemente peligrosos e inteligentes. Su motivación para demostrar algo los impulsa a tener éxito en su misión —J conocía a sus terroristas.

Doc continuó completando los detalles.

—La fábrica de bombas fue fuertemente vigilada y registrada minuciosamente antes del incendio. Saber cómo "Larguirucho" logró esto dependerá de los resultados de la investigación del incendio provocado. Pero una investigación preliminar revela que no hay restos humanos.

—Por lo que podemos ver, "Larguirucho" está huyendo. Su captura será la máxima prioridad para la comunidad de inteligencia de todo el mundo.

J se estremeció y, a pesar de los temores que pudiera tener sobre el regreso de Fareed Taled, levantó su copa y pidió un brindis.

—¡Por nosotros! ¡Que sigamos luchando bien!

—¡Que sigamos, que sigamos! —gritamos.

El grupo volvió a sus conversaciones especulativas, dejándonos a Ty y a mí haciendo planes sobre dónde podríamos encontrarnos nuevamente.

Alice aplaudió para llamar nuestra atención.

—Ahora que nuestro fantasma ha sido identificado, creo que sería un maravilloso acto de bondad enterrarla formalmente —anunció.

—Sí, estoy de acuerdo —dijo J—. Siento que le debo un gesto de amor. Me gustaría creer que ella era mi ángel de la guarda.

—Ciertamente, si Alice no hubiera estado tan interesada en ella, nunca hubiéramos estado en la playa esa noche y hubiéramos visto nuestro fantasma —agregó Ty.

—Estoy a favor —estuvo de acuerdo Doc—. Es lo justo. Su tumba ha sido perturbada demasiadas veces. Me gustaría colocar una marca permanente aquí mismo en mi jardín, si todos están de acuerdo.

—Habrá que consultar a la Sociedad Histórica —señaló Alice—. Pero no veo por qué no estarían de acuerdo. Siempre y cuando no te importe poner también la lápida original en tu monumento conmemorativo —dijo.

—En absoluto —murmuró Doc.

—¿Tendremos que esperar a que la Sociedad Histórica nos devuelva la lápida? —pregunté—. J y yo nos vamos mañana. Esperaba que pudiéramos tener la pequeña ceremonia antes de irnos.

—Sí. A mí también me gustaría —coincidió J.

—Podríamos tener esa pequeña ceremonia esta noche —ofreció Alice—. Tu padre estará aquí para entonces, ¿no, Annie?

—Sí, es cierto —sonrió J—. Todos deberíamos estar aquí. Sería muy lindo.

—Entonces, al atardecer. Está arreglado — Alice parecía muy contenta—. Ty, necesito algunas cosas para la ceremonia de mi casa. ¿Puedes ir a buscarlas? —Ty estuvo de acuerdo.

El resto de la tarde la dedicó a las trivialidades de concluir unas vacaciones. Ty, Doc y Alice se prepararon para la ceremonia. J supervisó mientras yo hacía las maletas. Papá y el teniente Red llegaron en el ferry.

Al atardecer nos dirigimos a la playa. Pensé en cuánto extrañaría este lugar cuando nos fuéramos mañana. La brisa era fuerte, soplaba desde el océano y traía consigo el olor a sal y el canto de las aves marinas.

Excepto por unas cuantas nubes de algodón en el oeste, el cielo era de un azul transparente y el horizonte era visible en todas direcciones. Estábamos dentro de un enorme cuenco azul violeta, invertido sobre nosotros por un gigante desconocido. La cálida brisa del mar levantaba lenguas de arena, haciendo ondular la extensión blanca de la playa.

Esta noche el oleaje era suave y se curvaba hacia la orilla y la bordeaba de espuma. Alice nos había pedido que nos reuniéramos a la orilla del océano para nuestro pequeño homenaje. Dijo que allí era donde la Madonna Fantasma sentía su mayor dolor y estaba más inquieta. Sería allí, sugirió, donde mejor podríamos hacerla descansar.

—Alice eligió una buena noche para la ceremonia — observó Ty—. Es tan pacífico. Una noche realmente agradable.

—Espero que le demos un poco de paz —respondí—. Colocar la lápida en un jardín permanente junto al sendero es una idea encantadora.

El sonido de un motor perforó la paz. Un gran triciclo, conducido por Doc, apareció a la vista, tirando de un carrito de servicio con Alice y J en él.

—¡Eso! —exclamé, golpeándome la cabeza—. No había pensado en cómo llegarían hasta aquí. Ninguna de las dos camina muy bien.

Ty rio entre dientes.

—Doc siempre creativo.

La última media luna de la bola de fuego del sol se hundió bajo el horizonte como si fuera una señal, dándole a nuestro funeral una luz espeluznante. J se apoyó en el carrito de servicio, mientras Alice permanecía adentro, sosteniendo una gran corona.

—Me gustaría hacer una lectura —anunció, mostrándonos un libro que Ty había traído de la Casa de Cristal.

—Pensamos en arrojar esta corona al mar —declaró J—. Doc dice que la marea se la llevará.

Mi papá se me acercó por el otro lado. Alice nos hizo un gesto para que formáramos un círculo. Unimos nuestras manos. Con la mano fuerte de Ty a mi izquierda y la de mi padre a la derecha, me sentí liviana como el aire. Frente a mí, en nuestro círculo, J estaba iluminada por la luz del atardecer. Su cabello, que ondeaba suavemente alrededor de su cabeza, brillaba como un halo. Alice comenzó a leer.

—Por el amor de una madre por su hijo, por la confianza de un niño en su madre, por la paz del dolor. Para socorro de una herida, que la señora que camina por estas costas encuentre su descanso celestial, que se una al bebé que quiere hacer renacer, que sepa que su hijo descansa pacíficamente en los brazos de los ángeles y que él la llama para unirse a ellos. ¡Escucha, dulce madre, escucha la llamada de tu bebé! Ve hacia la luz. Tu bebé te espera más allá de la luz. Ve y descansa con él. ¡Te está llamando!

Alice hizo una pausa, inclinando la cabeza.

—Oremos —dijo. Inclinamos la cabeza, deseando que la Madonna Fantasma se encontrara con su bebé. Mis manos se sintieron una con las dos que sostenía. No podía sentir la arena bajo mis pies. Mis ojos estaban bien cerrados, por lo que no tuve ninguna advertencia de lo que estaba por suceder.

Un viento cálido se arremolinaba a nuestro alrededor, desde nuestros pies, azotando la arena. Abrí los ojos pero tuve que cerrarlos rápidamente, porque los granos de arena volaban por todos lados. Estábamos envueltos en remolinos de arena. Pensé en correr, pero no me moví.

Entonces se acabó. El aire volvió a quedar en silencio. Abrí mis ojos. Había oscurecido y las estrellas se veían contra un cielo negro. Miramos hacia arriba, como uno solo, el círculo aún unido. En ese momento, un meteorito entró en la atmósfera y una estrella fugaz brilló brevemente en la oscuridad.

—Tomemos eso como una señal de que se ha ido —suspiró Alice, rompiendo el hechizo.

Linda Maria Frank hizo su carrera profesional enseñando ciencias en la escuela secundaria y la universidad. A partir de casos de estudio que ella misma creó para los estudiantes de sus clases de ciencias forenses, creó historias de misterio para los lectores jóvenes. Ha vivido en la ciudad de Nueva York y actualmente reside en Long Island.